Le livre du grand secret

Serge Brussolo

Le livre du grand secret

J'AI LU

Pendant le trajet en autocar, Purcell Forbes fit un rêve curieux, presque prémonitoire. Les éléments récurrents qui le charpentaient provenaient de la lecture en édition de poche d'un livre à succès écrit par son grand-père, Darian Forbes, à la fin de la Seconde Guerre mondiale. Il y avait plus de dix ans qu'on ne trouvait plus les romans de Darian Forbes ailleurs que dans les bibliothèques publiques, et pourtant, dans cette gare routière minable, sur ce tourniquet garni de *paperbacks* brûlés par le soleil, un exemplaire d'*Immersion périscopique,* un texte jadis couronné par le Booker Price, se racornissait comme une momie de papier oubliée depuis le début des *sixties*. Purcell choisit d'y voir un signe du destin.

Avant de grimper dans le Greyhound, il acheta donc au kiosque de San Pascualito le livre craquant, écaillé, dont l'illustration de couverture avait été mangée par la lumière au point de devenir indiscernable. L'ouvrage était si desséché que la reliure se cassa en deux quand il voulut en relire les premiers mots.

Purcell avait vingt-cinq ans mais paraissait beaucoup plus âgé. Toute sa physionomie trahissait un état de délabrement avancé. Son corps maigre flottait dans des vêtements trop grands, et ses lunettes en cul de bouteille donnaient à penser qu'il souffrait d'un grave problème de vision.

Avant de trouver un siège, il s'avança en tâtonnant dans la travée centrale de l'autocar. À le voir si malhabile, certains passagers crurent se trouver en présence d'un aveugle et esquissèrent un mouvement pour se porter à son secours. Une fois installé, Purcell ouvrit le livre, l'approchant très près de son visage, comme s'il étudiait les mouvements de parasites microscopiques se livrant bataille entre les molécules du papier. Les dames s'apitoyèrent, les messieurs haussèrent les épaules. Fallait-il être idiot, pensaient-ils, pour s'obstiner à lire un vieux bouquin tout décoloré alors qu'on était déjà plus myope qu'une taupe !

La chaleur résultant de la climatisation défectueuse et les cahots de la route firent bientôt basculer le jeune homme dans la somnolence qui le conduisit dans l'une de ces errances oniriques dont il était coutumier et qui occupaient quatre-vingt-dix pour cent de son temps de sommeil (du moins en avait-il l'impression).

Dans le rêve, il parcourait les États-Unis une valise de carton à la main, commis voyageur aux vêtements usés, au nœud de cravate un peu gras. Il marchait d'un pas bien rythmé sur une route interminable qui coupait le pays en deux, de l'Alaska à la frontière mexicaine. Ce qui était étrange, c'est qu'à chaque fois qu'il regardait par-dessus son épaule, il voyait effectivement l'Alaska – avec ses neiges, ses ours, ses loups, son sol que même le printemps ne parvient jamais à dégeler en profondeur – comme si cette terre désolée se trouvait à peine à une centaine de mètres en arrière, telle une station-service dont la chaleur ferait trembloter l'image au bout d'une route vide.

À cet instant, il s'arrêtait pour poser à ses pieds la valise dont la poignée lui sciait la paume. Devant lui s'étirait la frontière mexicaine et, de l'autre côté du pointillé jaune peint sur l'asphalte par les services d'immigration, s'étendait Tijuana, l'éternel piège à touristes, avec ses ânes en papier mâché, ses squelettes en carton, ses têtes de mort en sucre et ses ululements de mariachis. Il réalisait alors que tout le pays se trouvait ainsi ramassé autour de lui, véritablement à portée de la main ; chaque État de l'Union réduit aux dimensions d'un cinéma en plein air. Les pointillés des lignes frontières brillaient de cet éclat mouillé, un peu huileux, propre aux mirages. Il se sentait fatigué. Le froid qui montait de l'Alaska lui gelait les épaules tandis que le soleil mexicain lui brûlait le visage, rougissant son nez qui ne tarderait plus à peler maintenant. Il aurait voulu s'asseoir sur la valise, mais il la savait trop fragile pour supporter son poids.

Une voiture de patrouille se matérialisait soudain devant lui.

— Qu'est-ce que tu fais là, mon gars ? demandait le flic en relevant son Stetson d'un coup de pouce à la John Wayne. Et qu'est-ce que tu trimballes dans ta p'tite valise, hein ?

Alors Purcell ouvrait le bagage, qui ne contenait qu'un minuscule flacon de verre muni d'un compte-gouttes en caoutchouc. Le liquide, au fond de la bouteille, était d'un noir terrible. (Pourquoi *terrible* ? Il n'en savait rien. Une impression, comme ça. Peut-être due à l'intense opacité du liquide. Une opacité *éblouissante*.)

— C'est quoi ? grommelait le patrouilleur. De la came ? T'es qu'un sale petit enculé de dealer, c'est ça ?

— Non, balbutiait Purcell. Je suis rectificateur. C'est mon boulot, m'sieur. Je vais d'un État à l'autre, je rectifie la couleur de la nuit.

— Tu quoi ?

— Je corrige la teinte de la nuit. Bon sang, vous ne savez pas que l'obscurité se décolore depuis quelque temps ? Il y a eu une circulaire fédérale à ce sujet. C'est dû aux pluies acides, au *smog*, à la pollution. À chaque averse la nuit devient un peu plus pâle, comme une chemise texane qu'on passerait dans une lessive trop forte. Dans certains États, elle est si claire que les gens n'arrivent plus à dormir. Si ça continue comme ça, on ne fera même plus la différence entre midi et minuit. C'est ça mon boulot : rectifier la couleur des ténèbres. Opacifier la nuit.

J'injecte quelques gouttes de pigment dans le tissu de l'obscurité, jusqu'à ce que la nuit se reconstitue.

— Et tu fais ça avec ton petit flacon ?

— Oui, ça c'est le pigment concentré. Je le dilue selon la teinte désirée par les gens de la région. J'ai un nuancier, je suis en mesure de fabriquer une dizaine de teintes différentes, du bleu marine au noir total. C'est au goût des clients.

— Mince, grognait le policier, c'est un job qu'on verrait mieux dans les mains d'un nègre !

Et il éclatait d'un gros rire bête qui réveillait Purcell.

Chaque fois qu'il émergeait d'un rêve, Purcell Forbes éprouvait la même impression de chute et d'impact brutal. Le choc le secouait à la manière d'un atterrissage sur le béton au terme d'un vol plané de trente étages, et il s'étonnait de se réveiller entier, les os toujours à leur place. Parfois, dans la confusion du demi-sommeil, il ne pouvait résister au besoin de passer la main sur sa nuque pour vérifier que sa boîte crânienne était intacte. Il examinait ensuite sa paume avec inquiétude, tremblant d'y découvrir des traces de sang.

Dans l'autobus Greyhound qui le ramenait à L.A., Purcell Forbes frissonna de terreur. Il n'avait pas besoin d'une quelconque « clef des songes » pour percer la signification de son rêve. Le contenu en était limpide : s'il n'était pas plus vigilant qu'à l'accoutumée le contrôle des événements lui échapperait, et – contre sa volonté – la nuit perpétuelle tomberait sur le monde. La nuit de la grande peur, la nuit du Chaos.

Les yeux fermés, il se récita les dernières lignes du livre VIII de l'Apocalypse.

Et le quatrième Ange sonna. Alors furent détruits le soleil et la lune, et presque toutes les étoiles. Les astres s'assombrirent et le jour perdit toute clarté.

Oui, c'était exactement ça. La nuit... La grande nuit de la terreur. Et il était peut-être le seul à pouvoir l'empêcher.

Instinctivement, ses mains maigres se crispèrent sur le sac à dos posé sur ses genoux. La poche de toile contenait, entre autres choses, un album de photographies jaunies qui le représentaient lui, Purcell, à l'âge de dix ans, en compagnie d'un vieil homme de haute stature, à la barbe grise et au regard perçant. Un album écorné, sali d'avoir trop voyagé. Un album qui, aux yeux du profane, n'avait d'autre intérêt que de montrer les dernières photos d'un écrivain jadis célèbre, quelques jours avant son suicide.

C'était radical, ça revenait comme l'été indien, les tempêtes de poussière ou les jaillissements de ce geyser qu'on appelle le Grand Fidèle. Chaque fois que Puck partait en vacances chez son grand-père, ses parents devenaient fous. Une atmosphère d'alerte s'installait dans la maison, et sa mère se mettait à tasser frénétiquement des vêtements au fond des valises comme si quelque exode allait soudain jeter la famille sur les routes. Elle faisait toujours trop de bagages. La grande valise noire de chez Macy's, la petite jaune qui portait imprimée sur le carton la mention *Visitez la Californie* et montrait un dessin d'ours marchant le nez levé en direction d'une étoile rouge. À cela s'ajoutait souvent un sac à dos de l'armée, un modèle USMC réformé et récupéré par son mari.

— C'est trop, protestait Puck. Ça va agacer Grand-Père. Il dira encore que j'ai l'air d'un émigrant.

Il avait onze ans, il rêvait de partir les mains vides, à la façon des *tramps* : un morceau de savon dans une poche, une brosse à dents dans l'autre, un couteau à la ceinture. Grand, le couteau, pas un canif ; non, plutôt un *bowie-knife* avec cette lame si particulière qui permet d'écorcher les bisons sans se fatiguer.

— Faut tout avoir sur soi, en permanence, disait Grand-Père. Jamais de bagage. Ça aide lorsqu'on est pris en chasse, tu verras ça bientôt...

C'était un homme massif, un homme-ours, le visage et le crâne couverts de poils gris, les doigts jaunis par le tabac, les ongles épais, presque des griffes. Il avait une voix puissante, mais chuchotait en regardant fréquemment par-dessus son épaule. De temps à autre, il posait l'index en travers de ses lèvres pour signifier à Puck de se taire. Il fallait obéir sans chercher à comprendre. Au bout d'un moment il poussait un soupir et soufflait : « Ça va, maintenant, y a plus de danger », et l'on pouvait recommencer à bavarder normalement.

Il s'appelait Darian Forbes. Le monde entier le connaissait. On disait que c'était un grand écrivain, un héros national médaillé du Purple Heart, et même de décorations secrètes qui l'auraient expédié en prison s'il les avait montrées à un journaliste. Mais d'autres prétendaient que c'était un fumiste, une invention de la propagande militariste, un bouffon qu'on avait exhibé pendant l'effort de guerre dans ces petits films publicitaires encourageant les gens à acheter des *War Bonds*. Il n'y avait pas, dans tous les États-Unis, quelqu'un d'aussi aimé et d'aussi détesté que lui.

— Ouais, ricanait Shonacker, un condisciple de Puck au collège de Little Priest. Ton grand-père c'est du vent. Un pet qui sort du cul des marchands de canons. Mes vieux les ont vus, ses putains de films. On le déguisait en aviateur, en mitrailleur, mais il était déjà tellement gros que c'est à peine s'il pouvait entrer dans le cockpit du mitrailleur de queue !

Quand il entendait ces choses, Puck sentait ses poings jaillir de ses poches pour voler vers le menton de son adversaire comme s'il ne les commandait plus.

— Ne tombe pas dans le panneau, grommelait Grand-Père lorsqu'il lui rapportait l'incident. C'est de la provocation. Ce môme – ce Shonacker – il travaille sûrement pour EUX. Ils emploient même des enfants. Aux Philippines, c'étaient les gosses et les femmes qui nous offraient en souriant des fruits empoisonnés.

Chaque année, donc, quand sonnait l'heure des vacances d'été, la peur s'installait à la maison. Pas une vraie peur avouée, officielle, mais quelque chose de sournois qu'on faisait semblant d'ignorer. Les autres gosses partaient en camp de vacances pour faire du canoë, Puck, lui, allait chez Darian Forbes, là-haut, en Alaska, et ce départ était à l'origine d'interminables disputes chuchotées entre ses parents.

— Je le regrette autant que toi, chérie, disait son père d'une voix essoufflée. Mais tu connais le vieux. Si on ne lui expédie pas le petit, il se vengera sur moi. D'une manière ou d'une autre.

— Et comment ? sifflait M'man sur un ton de chatte en colère.

— Tu sais bien, gémissait P'pa. Merde ! Il jouit de tout un tas de connections avec l'armée, le GQG, les types du Strategic Air Command. Il a des amis à Los Alamos, à Vandenberg, et même à Cap Canaveral. Ce n'est pas un homme comme les autres. Il a travaillé pour l'OSS, pour la CIA. Bon Dieu ! Il ne s'est pas contenté de rester le cul dans un fauteuil à écrire ses foutus romans, tu le sais aussi bien que moi.

— C'est ton père, disait alors M'man d'une voix qui évoquait pour Puck une pomme sèche, très dure et toute ridée. Très acide aussi.

(Oui, il lui semblait qu'une pomme sèche aurait parlé comme ça. Du moins dans un dessin animé !)

— Si on ne lui expédie pas le gosse, insistait P'pa, il se débrouillera pour me faire perdre mon boulot, ou bien je serai muté dans un coin invraisemblable où l'on m'interdira de voir ma famille pour des raisons de secret militaire. Ça existe des trucs comme ça. Tu n'as pas l'air de t'en douter.

— Mais tu n'es pas officier, contre-attaquait M'man, bon sang ! Tu n'es qu'une sorte d'épicier militaire !

Elle avait raison. Le père de Puck gérait les envois par avions-cargos à destination des PX du SHAPE (Supreme Headquarters Allied Powers in Europe). Son boulot consistait à expédier aux troupes américaines basées en

Allemagne de l'Ouest ou en France des petits morceaux du « Vieux Pays » : jeans, Coca-Cola, disques d'Elvis, *comics* de Dick Tracy ou de Batman, chili en boîte, ketchup, sauce HP, bref, tous ces trucs sans lesquels l'Europe aurait été complètement inhabitable.

— Le moral des gars dépend de moi, répétait P'pa. C'est vrai que, comme ça, j'ai l'air d'un magasinier, mais en réalité j'ai plus d'importance qu'on ne se l'imagine. Vous croyez que c'est drôle de se retrouver parachuté dans un pays d'arriérés où la télévision n'a qu'une chaîne, et d'attendre que les Popofs renversent le mur de Berlin avec leur gros chars T-33 pour foncer sur Paris ?

M'man haussait les épaules, elle se fichait bien de ces histoires d'hommes. Elle ne voyait qu'une chose : cette année encore il fallait expédier l'enfant chez son grand-père, un type bizarre dont la réputation commençait à se couvrir de taches de rouille aussi vite qu'une vieille boîte de haricots oubliée sous la pluie. Et elle n'aimait pas ça.

La nuit, dans la cuisine, quand les ronronnements du gros réfrigérateur Westinghouse cessaient de couvrir les murmures fiévreux de ses parents, Puck entendait des choses comme :

— Merde ! Sally, enfin, il y a le fric, ne l'oublie pas. Si on ne lui envoie pas le môme il me déshéritera, tu sais bien qu'il me déteste. Tous ces bouquins vendus dans le monde entier, ça représente des millions de dollars. *On y a droit.* Je quitterai l'armée, on achètera la maison de tes rêves. On ira s'installer en Californie, au bord de la mer. On arrêtera enfin de déménager tous les ans.

Ça, c'était l'argument final, quand l'arsenal était vide, et P'pa le jetait sur la table d'une voix mourante, comme s'il avait peur que Darian Forbes puisse l'entendre depuis son nid d'aigle en Alaska.

— Jack, ripostait M'man. Tu déconnes ou quoi ? Le vieux est dingue, tu le sais bien. Paranoïaque au dernier degré, c'est pour ça qu'on l'a mis sur la touche. Même la CIA avait peur de lui à la fin.

— Faut pas parler de ça, haletait Papa. On n'en sait rien, c'est des affaires d'État, « secret défense » et tout... Et puis on n'a jamais eu de preuves de son affiliation à l'Agence, si ça se trouve c'est lui-même qui a répandu ce bruit, pour se faire valoir. Il est tout à fait capable de ce genre de choses.

— C'est bien ce que je dis, martelait M'man, c'est un dingue. Au mieux un mythomane. Et tu acceptes de lui prêter notre fils pendant quinze jours chaque été. Ça ne te fait rien ? Moi ça me rend malade.

— Il est vieux, balbutiait P'pa. Il paraît qu'il a beaucoup baissé ces derniers temps. On raconte qu'il s'est endormi au cours de sa dernière interview, à la télé, et qu'il ne se rappelait même plus le titre de son livre. Cette année... ce sera peut-être la dernière fois, va savoir ?

Quand il disait cela, sa voix devenait presque suppliante.

— Quinze jours, sifflait M'man. En quinze jours il peut s'en passer des choses ! Tu as vu Puck quand il revient de chez *lui* ? Pas moyen de lui tirer un mot. On dirait... on dirait qu'on lui a lavé le cerveau. Parfois j'ai l'impression que ce n'est plus mon fils. Évidemment, toi tu ne peux pas comprendre !

Quand il jugeait qu'il en avait assez entendu, Puck s'éloignait en essayant de ne pas faire craquer les lattes du parquet. Il suffisait d'attendre que le compresseur du Westinghouse se mette à bourdonner, le bruit constituait un excellent camouflage. Cela faisait partie des choses que lui apprenait Darian Forbes. Toujours penser à couvrir sa fuite. Ne jamais se croire en sécurité. À onze ans, pendant la guerre du Pacifique, les petits Japonais apprenaient déjà comment mourir pour l'empereur en emmenant avec eux le plus de diables américains possible.

Puck avait onze ans, lui aussi. Son vrai nom était Purcell. Il le détestait parce que des garçons de sa classe lui avaient dit que « ça sonnait pédé ». Il détestait Puck, également, parce que « ça sonnait bébé ». Son grand-père l'appelait Boy, simplement Boy.

— Il ne faut pas s'habituer à un nom, lui disait-il. Sinon, quand on est forcé d'en changer, on finit toujours par se trahir. Tu peux m'appeler « le Vieux », je te dirai « Petit » ou « mon gars », c'est inoffensif. De cette manière, si on nous écoute, on ne peut pas se faire une idée de notre véritable identité.

Et Puck devenait Boy, pour deux semaines. Boy, c'était bien. Même si, en réalité, il aurait préféré se nommer Mitch... ou Buck.

Cette année-là, celle des dernières vacances, celle après laquelle les choses ne devaient plus jamais être pareilles, sa mère le prit à part pour lui tenir un discours qu'il aurait préféré ne pas entendre. Puck se trouvait au fond du jardin quand Sally Forbes vint vers lui, le visage crispé, les mains agitées de petits mouvements dont elle n'avait pas conscience. C'était une jolie femme, mais dont le caractère s'était rapidement aigri au fil des ans, ce qui la faisait paraître plus âgée. Elle détestait l'armée, les mutations incessantes, les déménagements, l'impossibilité de se faire des amis, les bungalows minables qu'on leur attribuait à chaque nouvelle affectation. Son adorable visage était en permanence habité par une expression maussade qui gâchait sa beauté. Quand elle était vraiment en colère, elle ne se privait pas de déclarer qu'elle avait les qualités d'une femme d'officier supérieur et qu'elle gâchait sa vie avec un sergent d'intendance. Elle avait du mal à se faire des amies, même parmi les épouses des autres soldats, car ses perpétuelles doléances distillaient un climat déprimant dont personne n'avait besoin. Un soir, elle avait dit à son mari : « Si tu es muté en Europe, je demande le divorce. Je n'irai pas vivre dans un pays de vaincus où l'eau n'est même pas potable. »

Elle s'approcha de Puck en se mordillant les lèvres, mimique qu'elle adoptait instinctivement dès qu'elle se préparait à proférer un mensonge.

— Mon chéri, dit-elle en posant son bras sur les épaules du petit garçon, tes bagages sont prêts, ça va bientôt être l'heure du départ. Je vais me retrouver bien seule. Tu vas me manquer, tu sais ? Je n'ai que toi ici pour me tenir compagnie. Avec ton père, je ne peux parler de rien. Tu es mon petit amant, mon amoureux secret. Quand tu n'es pas à la maison, je sens que je pourrais facilement devenir alcoolique. Il paraît que les femmes sont plus douées que les hommes pour ce genre de chose.

Puck n'aimait pas qu'elle parle ainsi. Jadis, mais il était plus petit, ces déclarations le flattaient, puis il avait fini par comprendre ce que signifiaient réellement les mots « amoureux », « amant », et il en avait conçu une grande gêne. Il n'aimait pas davantage quand Sally le tenait serré contre elle et qu'il percevait contre sa joue la chaleur molle de son sein. Il résista au désir de s'éloigner, sachant que cette réaction ne manquerait pas d'engendrer un drame.

— Ton grand-père, dit Sally d'une voix si étouffée que le bruit des Jeep manœuvrant devant le bungalow la rendait presque inaudible. Ton grand-père... Il ne va pas très bien, tu sais. Il vieillit, on a dû lui faire des électrochocs après sa dépression, ça lui a brouillé les idées à l'intérieur de la tête. Depuis, il est bizarre. Tu as dû t'en rendre compte, non ?

Puck ne répondit pas. Il se demandait simplement si sa mère pensait vraiment ce qu'elle disait ; si elle avait été endoctrinée à son insu par les AUTRES... ou si elle faisait partie des AUTRES, *elle aussi ?* Cette dernière hypothèse lui faisait peur.

— Je ne veux pas dire qu'il est gâteux, insistait Sally, mais il a tendance à raconter n'importe quoi. Il se met à mélanger le roman et la réalité, ce qu'il est en train d'écrire et ce qu'il vit.

— Il n'a pas eu de dépression nerveuse, contre-attaqua Puck. Il a été blessé dans un attentat.

— Une commotion cérébrale, lâcha la jeune femme, pincée. Je sais. C'est ce que disaient les journaux. Ils disaient aussi que la bombe était trop faible pour tuer quelqu'un et que ton grand-père l'avait peut-être posée lui-même, pour se faire de la publicité.

— C'est dégueulasse.

— On ne peut pas savoir. Il est vieux, il perd la boule. Quand il avait vingt-cinq ans, l'Amérique tout entière ne jurait que par lui. Il s'était habitué à être le centre du monde. Aujourd'hui, il a du mal à accepter de n'être qu'un vieux type dont personne ne lit plus les livres.

« C'est pas vrai, pensa Puck. Moi je les lis. »

Mais il était le seul de toute la famille. Ni son père ni sa mère n'avaient jamais ouvert un seul des gros volumes alignés sur le dessus de la cheminée : *Immersion périscopique. Le Tigre et la Maison de papier. La Danse du requin...*

P'pa affirmait que la lecture lui donnait mal à la tête ; quant à M'man, elle décrétait que c'était une littérature pour hommes, débordante d'hormones, et que les femmes ne pouvaient y trouver leur compte ; en réalité, elle ne lisait pas davantage les auteurs dits « féminins ».

— Pucky, dit Sally Forbes. N'écoute pas ce qu'il te dira. Ne le contrarie pas, mais ne t'en laisse pas conter. Je sais qu'il peut devenir diablement persuasif, c'est son métier de réussir à faire croire aux gens des choses invraisemblables, mais tu dois être plus malin que lui.

Puck hocha la tête sans répondre. Il regardait le bungalow, le jardinet étriqué, les vieilles caisses de munitions où son père entassait les boutures à repiquer. Tout cela lui apparut soudain comme un lac gelé avec plein de choses prises dans la glace. Il ne savait pas pourquoi, mais il avait peur de faire partie de ces choses. M'man le regardait, la bouche crispée. Il eut l'impression horrible qu'elle le scrutait avec les yeux de quelqu'un d'autre, d'une inconnue. P'pa faisait comme ça, lui aussi, parfois.

— Il t'a dit des choses contre nous ? demanda-t-elle en s'appliquant à conserver un ton normal. Je suis sûre qu'il essaye de te dresser contre tes parents.

Puck garda le silence.

— Il est plein de haine, souffla Sally. Il méprise ton père parce qu'il n'a pas réussi à devenir officier. Si cela ne tenait qu'à moi, tu n'irais pas là-bas. Plus jamais.

Et elle attira l'enfant contre son ventre. Sa chair était chaude sous son pull mince. Puck dissimula son raidissement, il était trop grand maintenant pour de tels contacts, M'man ne semblait pas s'en rendre compte.

— Ne touche pas aux fusils, conclut-elle. Ça me fait peur de te savoir au milieu de toutes ces armes. Un jour il arrivera un accident. Tu ne toucheras pas aux fusils, n'est-ce pas ? Promets-le-moi !

Mais l'enfant se déroba sans répondre, et la mère en fut froissée.

Comme d'habitude, une Jeep conduite par un caporal vint chercher le gosse pour le conduire au terrain d'aviation de la base, où un hélicoptère Sikorsky l'attendait pour l'emmener chez Grand-Père. On n'allait pas en Alaska. « Alaska » n'était qu'un nom de code pour désigner le Pays de Nulle Part. En fait, personne ne savait exactement où habitait Darian Forbes. Depuis l'attentat, il bénéficiait d'un plan de protection rapprochée et vivait dans un ranch perdu dans les montagnes, quelque part dans une région inhabitée que la neige recouvrait six mois par an.

Les liens qui unissaient Darian Forbes au gouvernement étaient troubles. Héros de la guerre du Pacifique, l'écrivain avait travaillé pour l'Office of Strategic Service (OSS), le service de renseignements de l'armée. On lui prêtait les missions les plus saugrenues ou les plus infamantes. Récemment, un journal d'opposition avait insinué que Forbes, déguisé en Japonais, avait été parachuté en territoire ennemi pour installer au cœur d'Hiroshima les balises émettrices destinées à guider l'*Enola Gay* vers sa cible, et qu'il était donc directement responsable de l'horreur atomique ayant frappé l'archipel nippon.

À la fin des hostilités, Forbes avait armé un sampan pour s'en aller à la dérive entre les îles Izu, Bonin, Volcano et Marcus. C'est sur cette épave flottante qu'il avait écrit son premier livre, *Immersion périscopique,* gros roman racontant l'agonie d'un équipage prisonnier d'un sous-marin échoué au fond de l'océan. Le succès avait été énorme, mais Forbes, bien que porté aux nues par la critique unanime, avait refusé de rentrer aux États-Unis. L'année suivante, un second livre avait vu le jour : *Le Tigre et la Maison de papier.* Il s'agissait une fois encore d'un huis clos. Dans la jungle, un officier japonais imprégné de l'éthique samouraï faisait construire une maison aux cloisons en papier de riz. Chaque nuit, un tigre rôdait autour de la fragile habitation, mais l'officier refusait de se mettre à l'abri en un lieu plus sûr. Il attendait, un sabre à portée de main. À la quiétude de la forteresse de bambou où s'étaient retranchés ses subordonnés, il préférait la peur, qui le maintenait vigilant et plus vivant que jamais. L'œuvre avait été célébrée comme une métaphore de la guerre froide et, l'espace d'une saison, les termes « maison de papier » avaient été abondamment utilisés par les journalistes pour désigner les États-Unis face à la menace soviétique.

— C'est de la foutaise, grognait Grand-Père chaque fois que Puck évoquait cette interprétation. L'officier jap, je l'ai connu, c'était à Iwo-Jima, un sale coin où beaucoup de nos petits gars sont tombés le nez dans la vase. La maison de papier, j'y suis entré. Le tigre avait laissé des marques de griffes sur les marches de la véranda. Il se rapprochait un peu plus chaque nuit, et le type restait couché sur sa natte, en kimono, à l'attendre, son *tantô* à portée de la main. Il fallait le faire. Ces types en avaient dans le caleçon, tu peux me croire. Jamais je ne les ai méprisés, jamais je ne les ai appelés « faces de citron » comme le faisaient mes copains. Il ne faut pas mépriser son ennemi, le mépris vous conduit toujours à sous-estimer le danger. C'est alors qu'on se la prend dans le cul, et sans vaseline.

Puis Darian Forbes avait pêché l'éponge, le corail, les huîtres perlières. Nu, une grosse pierre attachée à la cheville pour descendre plus vite au fond. Il avait été attaqué par les requins, gravement blessé. D'autres livres étaient nés de ces aventures. Son corps portait les marques de toutes ces péripéties. Des cicatrices chéloïdes qui s'étaient épaissies avec l'âge : marques de dents imprimées en demi-cercle, plaies ouvertes par des lances, des couteaux, des flèches. À l'époque de sa gloire, les journalistes l'avaient souvent supplié de poser torse nu pour les magazines. Aujourd'hui, il était de bon ton de ricaner sur ces preuves d'une vie aventureuse.

Récemment, Puck avait lu dans une feuille à scandales un article qui disait : « On sait à présent que les prétendues blessures honorifiques que Darian Forbes se plaît à exhiber – avant même qu'on lui en fasse la demande, comme une *playmate* pressée de figurer dans le *centerfolder* d'un magazine apprécié des messieurs ! – sont l'œuvre d'un chirurgien esthétique bien connu du milieu cinématographique et qui, d'ordinaire, est plutôt sollicité pour remonter les seins des vedettes de l'écran ou gommer leurs rides. Ce spécialiste – qui tient à conserver l'anonymat – nous a expliqué comment Darian Forbes lui avait demandé de travailler sur son corps en sens inverse, c'est-à-dire pour y inscrire les pseudo-marques d'une vie consacrée à l'aventure sous toutes ses formes. On se doutait depuis longtemps que Darian Forbes n'était qu'une baudruche, aujourd'hui la preuve en est faite ! »

Cette perfidie rendit Puck fou de rage, mais son grand-père, lui, resta impassible.

— C'est normal, déclara-t-il. Des choses comme ça, tu en liras de plus en plus souvent, ça fait partie d'un plan. Tout cela est télécommandé et vise à me déconsidérer dans l'esprit des gens. Ce qu'on veut, c'est que j'apparaisse progressivement sous les traits d'un bouffon. Pour EUX c'est facile, ils peuvent manipuler la presse à leur guise. Ils ont fait de moi un héros quand ça les arrangeait, maintenant ils veulent me voir dégringoler la pente parce que je suis devenu gênant. Ça prouve au moins une chose : la machine est en marche et plus rien ne l'arrêtera. Le temps presse.

Puck monta dans l'hélicoptère, une WAC souriante vint le sangler dans son siège de métal et redescendit sans prononcer un mot. Maintenant, Sally ne venait plus lui faire au revoir avec un mouchoir derrière le grillage du périmètre d'envol, comme elle en avait encore l'habitude deux ans auparavant, et c'était tant mieux. Le rotor se mit à faire wof-wof, l'appareil décolla.

Chaque fois qu'il partait pour « l'Alaska » Puck prenait plaisir à se remémorer les divers romans de Darian Forbes. Des phrases entières qu'il ne se rappelait pas avoir apprises par cœur envahissaient son esprit. Une levure d'images se mettait alors à fermenter, mêlant le requin de la pêche aux perles et le tigre rôdant aux abords de la maison de papier perdue dans la jungle. Il entendait résonner les voix des matelots d'*Immersion périscopique,* ces voix auxquelles la coque du sous-marin échoué donnait un écho métallique. Au cinéma, c'était Humphrey Bogart qui avait tenu le rôle du capitaine Borlander. À la fin du film, quand, tout seul au milieu des cadavres de ses hommes asphyxiés, il se met à chanter *Yellow Roses of Texas* d'une voix atone pour narguer les Allemands qui patrouillent en surface en essayant de les localiser au sonar, Puck avait fondu en larmes. Tout tenait dans cette voix, goudronnée, épuisée, insolente, égrenant sur un rythme de marche funèbre une joyeuse chanson folklorique.

Mais dans les revues intellectuelles, à la rubrique Darian Forbes, on lisait aujourd'hui des choses acides du genre : « Écrivain “soldat”, glorifiant la guerre, les vertus viriles, les hormones mâles et la pulsion de mort, Darian Forbes, qui croule sous les prix littéraires et les médailles militaires, trempe sa plume dans le sang et la testostérone pour glorifier la mort au champ d’honneur, l’extermination nucléaire de l’ennemi (femmes, enfants et vieillards compris !), et le culte du risque gratuit – corrida, chasse à l’éléphant ou au rhinocéros – quand la guerre se raréfie et que l’ennui pointe à l’horizon. Ce grand fusilleur d’animaux en voie de disparition envisage la chasse comme une cure-relais lui permettant d’attendre, sans sombrer dans l’alcoolisme ou la dépression, le déclenchement de la Troisième Guerre mondiale, de la même manière que les drogués se rabattent sur la méthadone lors de leurs brèves tentatives de désintoxication. Instruments de propagande du ministère des Armées, les livres de Darian Forbes contribuèrent à jeter beaucoup d’innocents jeunes gens dans les griffes des sergents recruteurs. Le temps a heureusement permis de remettre à sa place, au demeurant fort basse, une littérature machiste dont se seraient probablement régalés les hommes des cavernes et dont l’idéologie n’est finalement pas très éloignée de celle des ennemis que l’écrivain se fait un honneur d’avoir combattus pendant la Seconde Guerre mondiale. »

Malgré les avertissements répétés de son grand-père, Puck étouffait de fureur. Il avait beau savoir que ces calomnies participaient d’une campagne de déstabilisation sournoise orchestrée par l'Agence, la colère l'aveuglait jusqu'à lui donner des envies de peloton d'exécution.

Une fois le Sikorsky dans les airs, le petit garçon s'ennuyait, car il lui était formellement interdit de regarder par les hublots. Le vacarme, effrayant, interdisait toute conversation ; d'ailleurs le pilote ne cherchait jamais à lui parler, il avait pu s'en rendre compte lors des précédents voyages. Rituellement, Puck finissait par s'endormir sur son siège et se réveillait avec un torticolis, juste au moment où l'hélicoptère se posait, quelque part au sommet d'une montagne couverte de neige.

Le froid et la blancheur, l'incroyable netteté des sons se répercutant sur le tapis poudreux, le paysage englouti où ne subsistait qu'une douzaine d'arbres dont les branches perçaient la croûte neigeuse comme les mâts d'un navire coulé... Toutes ces choses lui sautaient aux yeux dès qu'on faisait coulisser la porte de l'appareil. Le froid montait du sol, haleine invisible qui lui gelait le visage et les poumons. Personne ne parlait, sans doute parce que le moindre chuchotis devenait perceptible à des kilomètres à la ronde. Puck avait souvent l'impression qu'il aurait pu entendre, à trois cents yards, un corbeau se gratter les plumes avec la pointe du bec.

Généralement, une grosse Jeep à capote relevée attendait sur le périmètre d'atterrissage. Deux types marchaient alors vers l'hélicoptère, jeunes, compacts, vêtus de parkas kaki, le crâne rasé, des lunettes d'aviateur sur le nez. Ils ne parlaient ni ne souriaient. Ils soulevaient Puck comme s'il s'agissait d'un sac de courrier et le portait jusqu'au véhicule. L'enfant détestait être ainsi charrié à la façon d'un paquet, mais la neige était si épaisse qu'il s'y serait enfoncé jusqu'à la poitrine s'il avait dû mettre pied à terre. La Jeep démarrait sans attendre, le Sikorsky faisait de même, levant un brouillard de particules glacées dont les fines aiguilles rattrapaient la Jeep pour se coller sur la nuque du petit garçon. Dans la voiture, les hommes à lunettes noires ne disaient rien. On voyait bien qu'ils s'arrangeaient pour laisser croire qu'ils appartenaient au corps des marines, mais ce pouvaient tout aussi bien être des gens du FBI ou de la CIA. Grand-Père avait coutume de déclarer : « En réalité ce sont des types de l'Agence qui jouent à faire croire qu'ils sont des gars du bureau fédéral se faisant passer pour des militaires. » Ce qui résumait assez bien la situation bizarre dans laquelle on se trouvait empêtré.

La neige, partout la neige, à perte de vue. On finissait par confondre les nuages avec les pics environnants, on ne savait plus où finissait la montagne, où commençait le ciel. Puck se laissait aller à des rêveries de nuage échoué sur lequel Grand-Père aurait planté sa maison. On se croyait sur une montagne mais c'était faux, en réalité on était perché sur un cumulonimbus arrêté en position géostationnaire (comme disaient parfois les pilotes d'hélicoptère). Un nuage-univers, solidifié par la science des savants de Cap Canaveral.

À l'entrée du domaine, deux tanks Sherman montaient la garde, molosses de métal insolites fichés dans les congères. Leurs canons prenaient la route en enfilade, prêts à pulvériser tout éventuel intrus. Puck ne s'habituait pas à leur présence. Les grosses masses de ferraille kaki évoquaient pour lui des bêtes monstrueuses en hibernation qui s'éveilleraient un jour pour le malheur de tous. Il y en avait deux autres de l'autre côté du ranch. Quatre chars à demi ensevelis dans la neige, avec chacun un obus calé dans la culasse pour faire face à n'importe quelle invasion. Quand il en avait parlé à ses parents, Puck s'était attiré une réponse méprisante doublée d'un haussement d'épaules :

— C'est pour se donner de l'importance. C'est sûrement *lui* qui a exigé ces précautions. C'est bien dans son style. Il s'imagine sans doute que les Russes vont venir l'enlever !

Le ranch avait été bâti sur pilotis, au flanc d'une colline. C'était une belle construction en séquoia rouge de Californie nantie d'une véranda qui en faisait le tour, à la façon d'un chemin de ronde. La joie de Puck était toujours un peu gâchée par le carcan des précautions à observer dès qu'il aurait franchi le seuil de la maison. Il savait qu'il ne devrait rien dire d'important à voix haute, et que tous les échanges sérieux se feraient par écrit. Les tables, les fauteuils étaient toujours jonchés de bloc-notes, de crayons, disposés à cet usage. La qualité d'écrivain de Darian Forbes légitimait la présence obsédante de ces outils disséminés à travers l'habitation. L'enthousiasme juvénile de Puck lui faisait parfois oublier les contraintes, les règles de sécurité mises en place par son grand-père, et il se laissait aller à parler inconsidérément, s'attirant aussitôt une remontrance silencieuse du vieil homme, toujours la même : un index, d'abord posé en travers de la bouche, puis levé en direction du plafond pour rappeler la présence des micros. « Ils m'écoutent en permanence, écrivait Forbes. Même la nuit. Ils me donnent des drogues pour me forcer à parler pendant mon sommeil, mais je suis plus malin qu'eux, je dors avec un bâillon. »

La page sitôt couverte de signes compromettants, il fallait l'arracher du carnet et la jeter dans la cheminée où brûlait un feu de bois soigneusement entretenu. À voix haute, on ne proférait que des banalités : l'école, le sport, les résultats de la saison de base-ball, des souvenirs de chasse.

Forbes s'appliquait à radoter pour entretenir chez ceux qui l'espionnaient l'idée qu'il « baissait ». Il feignait également d'oublier des choses évidentes ou qu'on venait juste de lui apprendre. Il savait les jeunes gens préposés à sa garde pleins de mépris à l'égard des vieux, il utilisait leur sottise pour se construire à petites touches un déguisement de vieillard en route vers le gâtisme.

La maison embaumait la résine, le bois qu'on avait fait sécher dix années au soleil pour le rendre aussi dur que la plus dure des pierres. C'était une cabane de géant, érigée pour affronter la tempête, le blizzard et les ours. Une arche aux poutres énormes, aux fenêtres minuscules. Partout s'entassaient des râteliers d'armes, des peaux de bêtes – zèbre, buffle, lion –, des cornes et des animaux naturalisés : gorille, panthère, rhinocéros, tigre. Une jungle taxidermisée par les meilleurs naturalistes et plantée sur des socles d'ébène. Le butin de chasse de Darian Forbes, son musée personnel, vingt ans de traque à travers les savanes en tant que « chasseur blanc », le Weatherby en bandoulière, les grosses cartouches de 30.06 à 220 grains coincées dans les passants de la poche poitrine, à portée de main, au cas où il aurait fallu recharger en catastrophe. La présence des bêtes mortes était un peu étouffante et, au début, lorsqu'il était plus jeune, Puck avait peur de ces mannequins poilus dont les yeux de verre semblaient le suivre dans ses déplacements. Dans le garage, faute de place, on avait même remisé un éléphant chargeant tête basse, les oreilles déployées, la trompe balayant le sol. Un colosse dont la peau grise avait la texture du ciment. Forbes n'avait pas voulu s'en séparer. Les hélicoptères de l'armée avaient dû le transporter de la même manière que les quatre Sherman, au bout d'un harnais extérieur. Toute la vie de l'écrivain était ainsi embarquée dans la cale de ce navire immobile échoué au milieu des neiges, grenier de pacotille africaine, musée empestant le vieux poil, le cuir racorni et la graisse d'arme. Les fusils, il y en avait une bonne dizaine, lourds, massifs, aux belles crosses polies par l'usage. Pas des armes de *gentleman-farmer*, non, des outils de mort dont les canons crachaient une poussée de plusieurs tonnes. Quand Forbes énonçait ces caractéristiques techniques, Puck se prenait toujours à rêver que des locomotives invisibles jaillissaient des canons pour s'en aller percuter la cible. *Deux tonnes de poussée initiale...* Il avait souvent répété cette phrase avant de s'endormir, jouant à se représenter la balle sous la forme d'une voiture fantôme se ruant sur un pauvre piéton inconscient du danger.

Mais les fusils étaient désormais voués au silence.

« Ils ne me donnent que de la mauvaise poudre, écrivait le vieil homme. Les cartouches ne valent rien, elles font long feu. Ils disent que c'est à cause de l'humidité, je sais bien que c'est faux. Ils ne veulent pas que je puisse me défendre, c'est tout. »

Chaque fois qu'il était pris d'insomnie, Forbes se mettait à fabriquer des cartouches, ses lunettes de lecture perchées au bout du nez. Des cartouches rouges, des cartouches jaunes. Il n'arrêtait plus, perdu dans un rêve qui l'isolait du monde. Quand il était comme ça, mieux valait ne pas essayer de lui parler, il ne vous entendait pas. Et les cartouches s'entassaient, couvrant la table, roulant sur les peaux d'ours jetées sur le plancher. Puck n'aimait pas le voir dans cet état. Des idées désagréables lui traversaient alors l'esprit, des hypothèses qui lui faisaient peur. Il se surprenait à penser que Grand-Père ne se contentait peut-être pas de jouer les gâteux, mais qu'il était en train de le devenir... *réellement* ; et les mises en garde de sa mère résonnaient dans sa tête avec la puissance d'un haut-parleur sur un quai de gare.

La Jeep s'arrêta devant la maison de séquoia rouge. M'Boussa était assis sur les marches de l'escalier, occupé à tailler un morceau de bois avec son grand coutelas. M'Boussa avait été l'éclaireur de Darian Forbes en Afrique, lors de sa période « chasseur blanc ». C'était un Noir de haute taille, à la peau goudronneuse. Quelques années auparavant, il avait été bien près de mourir car il était très âgé, mais il s'était remis, et depuis, curieusement, semblait plus en forme que jamais. En meilleure forme que Grand-Père, même. Torse nu, seulement vêtu d'un pagne, indifférent au froid, il taillait son bâton pour lui donner l'apparence d'une tête de léopard. Les cicatrices tribales zébraient son visage, sa poitrine, s'ajoutant à toutes celles laissées par les fauves côtoyés au cours des longues chasses. Puck descendit de la Jeep. Ses jambes nues plantées dans la congère, M'Boussa souriait, son éternelle radio à transistors en bandoulière. Il ne l'allumait jamais, mais ne s'en serait séparé pour rien au monde. Puck ne savait pas d'où lui venait cette manie dont il paraissait affligé depuis la maladie qui avait failli l'emporter trois ans auparavant. Quand il y réfléchissait, le petit garçon se trouvait forcé de constater qu'à la même époque M'Boussa avait brusquement cessé de souffrir du froid, de la fatigue et de la vieillesse, comme si tous ces maux s'étaient soudain envolés.

— Le petit chasseur blanc est revenu, dit le vieux Noir avec un sourire qui découvrit ses dents limées en pointe. Y a pas grand-chose à tuer dans c'te savane, pour sûr. Rien que des gros chats qu'on appelle lynx... Des lions des montagnes, qu'ils disent par ici. Faut jamais avoir vu de vrai lion pour parler comme ça. Moi, j'dis « gros chat », et c'est encore bien d'l'honneur.

Quel âge avait M'Boussa ? Cent ans ? Puck se rappelait avoir lu dans l'un des romans de son grand-père la date de naissance de l'éclaireur... S'était-il trompé ? Sans doute, parce qu'un vieillard d'une centaine d'années n'aurait pas pu rester à moitié nu dans la neige à tailler des cannes à tête de léopard, n'est-ce pas ?

— Le capitaine Sahib il est là-haut, fit le Noir en désignant la maison sur pilotis de la pointe de son grand couteau de brousse. Il gratte le papier. Il est impatient de revoir le petit chasseur.

Puck observa que les hommes qui l'avaient véhiculé jusqu'ici se tenaient à bonne distance de M'Boussa, comme s'ils avaient peur de son coutelas ébréché. Le Noir leur jetait des coups d'œil moqueurs. De temps en temps, il s'ébrouait pour faire tomber la neige qui s'accumulait sur sa tête crépue et ses épaules, sans réussir à fondre.

Puck empoigna sa valise et monta les marches. Déjà les soldats à lunettes noires rebroussaient chemin.

En haut, ce furent les retrouvailles habituelles. Grand-Père s'abattant sur son petit-fils comme un grizzly refermant ses pattes sur sa proie. Et puis le jeu des mimiques muettes : l'index sur la bouche, le pouce levé en direction du plafond. Les micros, bien sûr. Tout de suite, Puck vit que le vieil homme avait maigri. La chair de son visage s'affaissait, aspirée à l'intérieur de ses joues. Instinctivement, le garçon chercha sur les tempes du vieillard les marques de brûlure laissées par les électrochocs. Il se récita des phrases lues dans les magazines à l'époque de l'attentat : « État de stupeur paroxystique résultant de la commotion engendrée par le souffle de l'explosion et nécessitant un traitement de stimulation électrique. On ne peut encore se prononcer sur les éventuelles détériorations subies par le cerveau de l'écrivain... »

Foutaises. Bourrage de crâne. Intoxication.

Mais Grand-Père avait l'air si vieux, si fragile... Même sa barbe grise, d'ordinaire aussi piquante que du barbelé, semblait plus molle, plus rare. Le vieillard attira un carnet à lui et griffonna rapidement : « Le temps presse. C'est probablement la dernière fois qu'on se rencontre. Ils vont me supprimer. Ne pleure pas. Fais comme si de rien n'était, c'est important, il ne faut pas leur donner l'éveil sinon ils précipiteront les choses. Tu vas devoir mettre en pratique tout ce que je t'ai appris. Le moment est venu. Le moment pour lequel je te prépare depuis si longtemps. »

Pendant que Puck lisait ces lignes, Forbes parlait de choses anodines, du temps, des rhumatismes, du gibier qui se faisait rare. L'enfant se raidit. Il ne voulait surtout pas fondre en larmes. « Tu savais bien que ça finirait comme ça », se dit-il pour se donner du courage.

Dans les jours qui suivirent, Grand-Père fut d'une prudence extrême. Il ne se servait plus des bloc-notes et ses propos ne véhiculaient que des considérations anodines. On reprit le rituel des longues promenades dans la neige. Forbes enfilait son vieux blouson de cuir de l'armée de l'air, coinçait un fusil sous son bras, et ouvrait la marche. M'Boussa le regardait partir en ricanant.

— Y a rien à chasser, capitaine Sahib ! lançait-il. C'est pas du gibier pour les hommes qui pousse par ici. Rien que des vilains chats. Quand nous redonneras-tu de vrais animaux, chasseur blanc, hein ? *Simba, tembo*... des lions, des éléphants. Ici y a rien pour M'Boussa.

Il était toujours assis sur la première marche de l'escalier, seulement vêtu de son pagne, les flocons de neige s'accumulant sur sa tête et ses épaules. C'était à croire que son corps ne dégageait plus assez de chaleur pour les faire fondre.

— Qu'est-ce qu'il a, M'Boussa ? demanda Puck. Il est bizarre. Pourquoi il est tout nu dans la neige ? Avant il avait toujours froid.

Mais Darian Forbes mit un doigt en travers de sa bouche pour signifier qu'il ne pouvait répondre.

— On va profiter de la promenade pour réviser ta géographie, dit-il. Il est bon qu'un jeune Américain connaisse bien son pays.

Puck soupira. Il détestait cet apprentissage auquel le contraignait son grand-père. À quoi pourrait bien lui servir de savoir par cœur le plan d'une ville perdue du Wyoming dont personne n'avait jamais entendu parler ? Car Darian Forbes ne s'intéressait pas aux grandes agglomérations, seulement aux multiples trous du cul du monde qui fleurissent dans des endroits à peine mentionnés sur les cartes. Cet après-midi, il était question d'El Rancho, une agglomération de mille deux cents habitants dressée en bordure du Rio Grande, non loin de la frontière mexicaine, à la limite du Texas.

— La rue principale, tu la vois ? interrogea Darian Forbes. Je t'ai montré les photos, tu te souviens ? Énumère-moi les magasins.

— D'abord un *delicatessen*, marmonna l'enfant, puis un barbier. Un marchand de bottes qui fournit les types des rodéos...

— C'est bien, approuva Forbes. Concentre-toi sur le marchand de bottes, c'est une entreprise artisanale installée depuis près d'un siècle. Je veux que tu me décrives sa vitrine.

Et c'était reparti pour un tour ! Quand le vieillard succombait à sa marotte « géographique », on ne pouvait plus rien espérer de lui. Puck se résignait à réciter sa leçon. Il avait une formidable mémoire photographique. « J'étais comme toi, soupirait le vieux en lui ébouriffant les cheveux. Quand j'étais jeune, je pouvais mémoriser une carte d'état-major en dix minutes, dans les moindre détails. »

L'enfant ne cherchait pas à comprendre les desseins cachés du vieillard, il obéissait, avant tout pour lui faire plaisir, et parce que sa docilité apaisait les angoisses de l'écrivain.

Ils marchaient dans la neige, les yeux baissés pour repérer les traces laissées par les lynx. Quand ils étaient suffisamment loin de la maison, Forbes se laissait un peu aller, en chuchotant toutefois, car l'écho des paroles volait loin sur la neige, et il fallait s'appliquer à utiliser l'écran des sapins pour neutraliser cet inconvénient.

— Ils vont me tuer, souffla-t-il. C'est arrangé entre eux. Ils maquilleront ça en accident de chasse. Ils accuseront un animal. Ils feront ça bientôt, sans doute dès que tu seras reparti. C'est la dernière fois qu'on se voit tous les deux, Boy.

— Mais pourquoi ? gémit l'enfant.

— Ils ont peur de moi, haleta le vieux. Ils ont voulu m'utiliser, mais c'est allé trop loin, ça les a dépassés. Ce que je leur ai fait découvrir les terrifie. Ils ne s'attendaient pas à ce que ça remette tout en cause ; si la chose s'ébruitait, tous les gouvernements du monde s'effondreraient en moins d'une semaine. J'ai gagné un peu de temps en jouant les gâteux, mais la comédie ne les a pas convaincus. Ils ne veulent prendre aucun risque. Je vais te passer le relais... Ça va être à toi d'entrer en scène. Il ne faut pas t'affoler, il y a longtemps qu'on prépare ça toi et moi, n'est-ce pas ?

Il dut s'interrompre car l'air glacé lui coupait la respiration, et ses bronches encrassées par le tabac s'étaient mises à siffler.

— Tu dois leur faire croire que tu n'es qu'un petit garçon comme les autres, ajouta-t-il lorsqu'il eut repris son souffle. C'est à cette seule condition que tu resteras en vie. Ils ne doivent pas se douter. Jamais. J'ai préparé l'album. J'ai collé des photos sur les pages, tu pourras les enlever dès que tu seras en sécurité, ce n'est qu'un camouflage. La colle est de mauvaise qualité, elle n'altérera pas les feuillets. L'important, c'est que ça ait l'air d'un album-souvenir. Personne ne devra se douter que je t'ai transmis le secret. Ta vie en dépend.

Puck ne dit rien, il avait la gorge trop serrée pour prononcer un mot.

Dans l'heure qui suivit, le vieillard ne dit plus rien. Il semblait épuisé, presque apeuré. Il dut s'asseoir sur une souche, le fusil en travers des cuisses, pour recouvrer ses forces. Les soldats n'étaient visibles nulle part.

Puck crut entendre feuler un puma dans le lointain, mais son grand-père ne réagit pas. Il faisait atrocement froid, un froid agressif qui traversait les semelles de ses bottes pour s'infiltrer dans les os de ses talons. Il se demanda si un squelette pouvait geler à l'intérieur du corps de son propriétaire parce que c'était très exactement l'impression qu'il avait en ce moment. Il fallait faire quelque chose, bouger, rentrer à la maison. Il s'avança vers le vieux et le prit par la main. Forbes semblait en pleine crise de somnambulisme. Quand les doigts de l'enfant se posèrent sur les siens, il sursauta et dévisagea le gosse avec hébétude, comme s'il ne le reconnaissait pas.

— Viens, dit Puck. Il fait trop froid, il faut rentrer.

La lumière amplifiée par la blancheur du paysage les aveuglait presque. Le retour fut difficile car Forbes avait perdu le sens de l'orientation. Puck dut le guider. Ils grelottaient tous les deux. À deux reprises, l'enfant fut sur le point d'appeler à l'aide. Seule la certitude que personne ne viendrait à leur secours l'en empêcha.

— Çà, c'est royalement idiot d'attraper la mort pour chasser de vulgaires chats ! ricana M'Boussa en les voyant approcher. Et tout ça pour même pas faire parler le fusil. C'est grande pitié, vrai de vrai.

Il consentit cependant à abandonner ses travaux de sculpture pour aider Darian Forbes à grimper l'escalier. Une fois dans la maison, il l'installa au coin de la cheminée, le déchaussa et le couvrit d'un vieux plaid décoloré par le soleil d'Afrique. Puck claquait des dents.

— Ce qui manque au patron Sahib c'est une vraie chasse, dit l'éclaireur. Comme dans le temps de sa jeunesse. Avec des vrais fauves. Quand on tue un lion, très très dangereux, un chef de harde, sa force passe en vous. Ça vous redonne la puissance virile pour des années... Mais ici, dans l'Amérique des États-Unifiés, y a pas de vraies bêtes. Un safari, c'est ça qui manque au patron Sahib. Un chasseur, dès qu'il cesse de tuer, il s'affaiblit. Son sang tourne en eau.

Puck ne tenait plus debout, il eut l'impression qu'il ne pourrait plus jamais s'empêcher de frissonner. Sans savoir ce qu'il faisait, il grimpa dans sa chambre et, se couchant tout habillé, tira l'édredon sur sa tête.

Il s'éveilla au milieu de la nuit, trempé de sueur. Une lumière bleue, crue, entrait par ses fenêtres. Il mit un moment à comprendre qu'il s'agissait du reflet de la lune sur le tapis neigeux recouvrant la montagne. C'était étrange, irréel. Il se leva, tituba jusqu'aux carreaux. Il se sentait malade, fiévreux. Tout à coup, alors qu'il regardait en direction d'un bouquet de pins, un gorille surgit d'entre les arbres. Noir, bossu, en appui sur ses poings. Il avançait en zigzag, et sa silhouette se découpait sur la neige avec une netteté d'ombre chinoise. Il laissait derrière lui des traces profondes, témoignant de la matérialité de sa présence. Un tigre lui emboîta le pas presque aussitôt ; il enfonçait jusqu'au poitrail dans la couche poudreuse. Les deux animaux hésitaient, ne sachant visiblement quel comportement adopter. Puck se passa la main sur le front. Il avait chaud, il suait. « Je délire, pensa-t-il, j'ai la fièvre. j'ai attrapé froid avec Grand-Père... » Au même moment, un éléphant en colère jaillit du garage et chargea en direction du tigre. Le pachyderme secouait furieusement la tête, projetant de la neige en tous sens avec sa trompe. Puck ferma les yeux, les rouvrit, mais les bêtes s'affrontaient toujours dans la nuit bleutée. Chose curieuse, elles paraissaient muettes. Le tigre ne rugissait pas, l'éléphant ne poussait aucun barrissement. L'enfant mourait de soif, sa gorge le brûlait, il décida de descendre à la cuisine pour boire un verre d'eau. Il savait maintenant qu'il ne rêvait pas car le piétinement de l'éléphant se répercutait en vibrations sourdes dans les pilotis de la maison. Arrivé en bas, il réalisa que les socles de certains animaux empaillés étaient vides... Le tigre de Malaisie manquait... Et le gorille du Congo. *Et sans doute l'éléphant qu'on avait remisé au garage ?*

Où étaient-ils partis ? C'était impossible, ils étaient morts depuis longtemps. Ce n'étaient plus que des mannequins de cuir bourrés de paille.

— Safari, dit la voix de M'Boussa dans l'obscurité du salon. Un beau safari pour le patron Sahib, comme avant, quand nous étions jeunes. J'ai préparé les fusils. Le Weatherby, le Springfield. Il faut aller chasser.

Puck s'immobilisa. L'éclaireur portait plusieurs armes en bandoulière. Des cartouchières chargées au 30.06 s'entrecroisaient sur sa poitrine creuse. Le transistor muet lui battait la hanche. La lumière de la lune faisait scintiller ses dents, leur donnant l'aspect de la porcelaine.

— Va chercher le patron, lança-t-il à l'enfant. La chasse est commencée. *Yalla ! Yalla-Méchi !*

Puck secoua la tête. Pourquoi ne se réveillait-il pas ?

— Ce n'est pas possible, gémit-il en marchant en direction de la véranda. Ce sont des bêtes mortes... Elles ne peuvent pas bouger.

— Et alors ? s'esclaffa M'Boussa avec un rire sifflant. Moi aussi je suis mort, et pourtant je bouge.

Sa main noire à la paume rose tendre se posa sur l'épaule de l'enfant. Elle était glacée. Puck n'osait plus respirer. Il se rappelait soudain la neige couvrant les épaules nues de l'éclaireur, cette neige qui n'arrivait pas à fondre.

— Arrête de dire des bêtises, lança-t-il d'une voix proche du sanglot. Ce sont des animaux empaillés, avec des yeux de verre.

— Moi aussi, mes yeux sont en verre, rétorqua M'Boussa, qu'est-ce que ça fait ?

— Tu racontes n'importe quoi, trépigna Puck. Si tu étais mort tu ne pourrais ni bouger ni parler.

— C'est toi qui dis royalement des sottises, fit M'Boussa d'une voix sourde. Avec la magie des étoiles, les choses mortes reviennent à la vie. Le patron Sahib me l'a enseigné. C'est lui qui m'a fait revenir quand la maladie m'a tué, il y a trois ans. Il ne voulait pas se séparer de son vieux serviteur, alors il m'a donné ça, le coffret magique tombé de la lune.

Et il toucha la boîte qui battait sa hanche, cette boîte que l'enfant avait toujours considérée comme une radio portative.

— Je leur en ai donné de la bonne magie aux bêtes empaillées, dit l'éclaireur en désignant les animaux qui s'agitaient dans la neige. Des coffrets, il y en avait d'autres en réserve. Alors pourquoi pas s'en servir, hein ? Regarde un peu ce qui pend à leur cou.

Puck plissa les yeux. Le gorille, l'éléphant et le tigre portaient des colliers de cuir, et sur chacun de ces colliers on avait fixé une boîte semblable à celle que le vieil éclaireur ne quittait jamais. Une « radio » à transistors.

— Va réveiller le patron, répéta le Noir en cassant l'un des fusils pour le charger. Dis-lui que c'est comme avant qu'on devienne vieux, lui et moi. C'est le temps des safaris qui recommence. Fais-le descendre. Il faut qu'il tue, encore une fois, et la force lui reviendra. Va, c'est le temps des grandes chasses. La poudre est bonne, les balles sont dures, les coutelas aiguisés. Va, petit homme, va réveiller le chasseur blanc. M'Boussa le rabatteur est à son poste, comme jadis, dans la savane. Va lui dire que rien n'a changé, rien... Ka-bang ! Ka-bang ! Le tonnerre va parler et les bêtes rouleront dans la poussière.

Puck recula. L'éléphant avait réussi à éventrer le tigre avec l'une de ses défenses. Se servant de sa trompe, il souleva le félin dans les airs et le jeta sur le toit de la maison pour qu'il se brise les reins. Le mangeur d'hommes rebondit sur les rondins de la toiture, glissa le long de la pente pour venir s'écraser sur la véranda à quelques pas de l'enfant. À l'instant où il toucha le sol, son corps se rompit par le milieu avec un craquement sec. Il était rempli de paille.

Puck chancela. Il eut un geste pour se rattraper au dossier d'un fauteuil, mais ses jambes ne le portaient plus. Il roula sur le sol sans connaissance.

Quand il ouvrit les yeux, Darian Forbes était penché sur lui. Le soleil brillait, froid.

— Tu as eu la fièvre, dit l'écrivain. Tu as déliré pendant deux jours, mais c'est fini. Tu es guéri. C'est de ma faute, nous sommes restés trop longtemps dans la neige, tu n'as pas l'habitude.

Puck se redressa. Le lit sentait comme la paille d'une étable. Le petit garçon fut sur le point de poser une question embarrassante se rapportant aux cauchemars qui l'avaient assailli durant la poussée de fièvre, mais à l'idée d'en rédiger l'exposé sur un bloc-notes il préféra renoncer. Il alla prendre une douche, se coiffa, retardant le moment où il lui faudrait descendre et affronter les animaux plantés sur leurs socles. Le rêve était toujours fiché en lui, refusant de se dissoudre, gênant. Lorsqu'il fut en bas, Puck n'eut pas le courage de faire courir ses doigts dans le pelage du tigre pour vérifier si l'on avait secrètement recousu son corps déchiré par la chute. Il ne voulait pas savoir.

« J'ai été malade, pensa-t-il. C'est tout. Juste malade. »

Il prit son déjeuner tandis que son grand-père buvait des gimlets confectionnés par M'Boussa, une boisson jadis en vogue auprès des chasseurs blancs, avec la fine à l'eau. L'écrivain paraissait absent... ou déjà demi-saoul. Il adoptait souvent cet air hautain, corseté, lorsqu'il était sur le point de basculer dans l'ivresse. M'Boussa officiait avec diligence, sanglé dans une veste blanche de serveur colonial à col officier. Il portait les traditionnels gants blancs mais ni pantalon ni chaussures.

Le *breakfast* expédié, l'enfant et l'éclaireur abandonnèrent Forbes à sa méditation éthylique pour descendre au jardin. C'était un bien grand mot pour désigner les touffes de végétation épineuse émergeant de place en place du tapis de cristaux blancs. Devant la maison, on ne relevait aucune empreinte ; un glacis vierge entourait les pilotis. Au demeurant, cette absence de traces ne prouvait rien, la neige était peut-être tombée en abondance pendant les deux derniers jours, effaçant les marques du combat qui avait opposé le tigre à l'éléphant ? Des flocons voletaient dans l'air, se posant sur la poitrine nue de M'Boussa. « Ils ne fondent pas », constata le petit garçon. S'il avait été vraiment courageux, il aurait levé le nez pour regarder le pisteur en face et déterminer une fois pour toutes si, oui ou non, le vieux Noir portait des yeux de verre comme les bêtes empaillées du salon. Mais il ne le fit pas.

— Tiens, regarde un peu ça, petit Blanc, lança M'Boussa sur un ton tonitruant. Est-ce que ça n'est pas royalement stupéfiant ? Hein ?

Un tumulus se dressait au fond du jardin, entre les buissons de houx. Une bosse oblongue recouverte de neige. « Une tombe », pensa aussitôt l'enfant. Cette idée lui fit peur et il tenta de la chasser de son esprit. Des fleurs étranges, aux couleurs violentes, avaient percé la croûte neigeuse pour sortir du tumulus. Des fleurs charnues, rouges, bleues, jaunes, dont les stridences colorées irritaient le nerf optique. Elles ressemblaient à des orchidées, des orchidées de chair vivante. Elles bougeaient doucement, sans qu'on puisse déterminer si ce mouvement résultait du vent ou était le fait d'une volonté propre. Leur présence relevait de l'impossibilité flagrante, du scandale logique. Jamais des fleurs de ce genre n'auraient dû pousser en un tel lieu, et par des conditions climatiques aussi défavorables.

— Qu'est-ce c'est ? se résolut à demander Puck car il savait que M'Boussa attendait cette question.

— C'est la tombe de l'homme tombé de la lune, répondit le pisteur. Celui qui s'enfermait pour parler avec le capitaine Sahib. Tu ne t'en souviens pas ? C'était il y a trois ans. Les soldats l'ont tué juste après ton départ. C'est là qu'on l'a enterré. Depuis, ces fleurs poussent, même s'il fait très froid. Si on les arrache, elles sortent de nouveau pendant la nuit. Les soldats n'osent plus y toucher. Elles sont royalement belles, non ?

— L'homme tombé de la lune... répéta Puck.

— Fais pas l'idiot, siffla M'Boussa entre ses dents limées. Tu sais de qui j'parle. C'est de son corps que sortent les fleurs.

L'enfant regarda les orchidées de chair qui se balançaient dans le vent. Elles formaient un buisson dense et chaud au milieu des flocons de neige qui fondaient à leur contact. Leurs tiges s'entrelaçaient en nœuds et bifurcations complexes.

« Si on leur arrachait un pétale, songea Puck, elles se mettraient à saigner. »

— Ils l'ont tué, radota le pisteur. Pan-pan ! Deux balles dans la tête. Ces hommes des étoiles, ça n'est guère plus solide que n'importe lequel d'entre nous. J'ai été bien déçu. Venir de si loin pour mourir comme ça, sans même faire le baroud d'honneur !

— Arrête avec ces histoires idiotes ! gronda Puck en se détournant. Ça ne m'amuse pas.

Il se mit à courir sur la pente neigeuse. Le froid lui brûlait les poumons. Trois années plus tôt, il avait huit ans, c'était encore trop jeune pour analyser les choses comme Grand-Père lui avait appris à le faire par la suite, mais des souvenirs vagues lui traversaient l'esprit, lents poissons paresseux se propulsant mollement dans les eaux épaisses de la mémoire.

Il voyait... Il voyait un homme pâle, à la longue figure cireuse, aux yeux minuscules. Un homme dépourvu de pilosité, sans sourcils ni cheveux. Un homme triste, aux bras et aux jambes interminables, aux mains gigantesques. Un inconnu mal habillé d'un treillis trop court, d'un blouson d'aviateur dont les manches s'arrêtaient bien au-dessus de ses poignets.

« Je ne l'aimais pas, se rappela l'enfant. Parce qu'il me volait Grand-Père, parce qu'il l'accaparait des heures entières. Ils se promenaient tous les deux dans la neige, en chuchotant. L'homme parlait et Grand-Père hochait la tête. D'habitude, c'est le contraire qui se produit. L'homme parlait sans presque bouger les lèvres, comme si nos mots étaient trop petits pour sa bouche, comme si ses lèvres avaient été taillées pour prononcer des paroles plus compliquées. »

Oui, cette bouche l'avait hypnotisé durant toutes les vacances. C'était un organe conçu pour se faire entendre au milieu des avalanches ou à travers le fracas des canons. Une bouche pour parler dans le tumulte des catastrophes... ou du fin fond de l'espace. Une bouche comme un porte-voix vivant fabriqué pour crier la vérité aux hommes du haut des montagnes.

— Qui c'est ? avait-il demandé à son grand-père.

— Un réfugié politique, répondit l'écrivain. Il ne faut pas avoir peur de lui, il n'est pas méchant.

L'homme avait l'air égaré, résigné à quelque chose d'inéluctable, vaincu. Il émanait de lui une tristesse qui donnait envie de s'enfuir à toutes jambes tant on se surprenait à craindre qu'elle ne fût contagieuse.

À présent, Puck se souvenait des chuchotements, des interminables conciliabules qui se poursuivaient parfois jusqu'à l'aube dans le bureau de Darian Forbes. Lorsqu'il lui arrivait de se lever pour faire pipi, l'enfant surprenait les deux hommes installés de part et d'autre de la table de travail en bois d'okoumé ramenée de Nairobi. L'homme triste tenait ses deux mains posées sur le buvard, paumes tournées vers le plafond, et Forbes, ses lunettes de lecture au bout du nez, se penchait sur elles, comme s'il étudiait le tracé des lignes s'y entrecroisant. Dans les fêtes foraines, les vieilles gypsies procédaient de cette manière pour lire l'avenir dans les mains des idiotes qui allaient les consulter, à Little Priest, lors de la foire annuelle.

Chaque fois qu'il avait surpris Darian Forbes absorbé en ces sottes études, Puck s'était dépêché de l'oublier. Il n'avait trouvé aucune explication satisfaisante à ce comportement, et il lui déplaisait de voir son grand-père jouer les chiromanciens.

Il avait passé de mauvaises vacances. Forbes semblait à peine conscient de sa présence ; quant à M'Boussa, il était déjà très malade et ne quittait plus son lit de camp, sur lequel il avait entassé toutes les couvertures et les peaux de bêtes dénichées dans la maison.

— Le froid, le sale froid de l'Amérique unifiée, gémissait-il en claquant des dents. C'est ça qui me tue.

Alors, parce que l'ennui et la jalousie le tenaient éveillé, Puck avait pris l'habitude de se lever la nuit pour venir épier Darian Forbes et l'homme triste dans le silence du cabinet de travail.

Il y eut également cette nuit étrange où l'hélicoptère se posa devant la maison. Des soldats armés, casqués, en tenue de camouflage blanche, en jaillirent, l'arme au poing. Puis des hommes en manteau noir et lunettes d'aviateur descendirent un à un de l'appareil, chacun portant une valise de métal que la lumière de la lune faisait scintiller. Puck, en les voyant approcher, se cacha dans un placard. Les inconnus montèrent l'escalier sans dire un mot. Leurs chaussures crissaient à chaque marche. Le cuir neuf, peu à sa place au sommet d'une montagne, semblait se plaindre et réclamer une moquette plus digne de son rang.

— Voilà tous les objets récupérés dans l'épave, dit l'un d'eux. Maintenant ils sont sous votre responsabilité, Forbes, vous devez signer cette décharge. Le président attend que vous lui fournissiez le mode d'emploi de tous ces engins. Vous avez un mois. Toute cette affaire est bien sûr classée « secret défense ».

— Arrêtez de déconner, dit sourdement l'écrivain. Je suis bien certain que le président n'a jamais été mis au courant du crash. Ce qui se passe ici se passe entre vous et moi. Je me trompe ?

— Je ne suis pas autorisé à vous répondre, lâcha l'homme avant de tourner les talons. Ne jouez pas au malin, vous n'êtes qu'un ballon de baudruche que j'ai moi-même gonflé. Il me suffirait d'une épingle pour le faire éclater.

Les hommes s'en allèrent et l'hélicoptère s'envola dans la nuit, enveloppant la maison dans le blizzard levé par les pales du rotor.

Puck s'étonna d'avoir pu oublier tant de choses. Les valises de métal l'avaient beaucoup intrigué. Ouvertes, elles offraient le spectacle d'alvéoles de caoutchouc où se trouvaient emboîtés des objets inconnus. L'une d'elle ne contenait qu'un petit flacon rempli d'un liquide incolore et un porte-plume de métal gris aux allures de scalpel. Avec d'infinies précautions, Darian Forbes avait posé la bouteille devant lui, sur le bureau, et contemplé le porte-plume. Interminablement. Son visage exprimait tout à la fois une grande détresse et une fierté immense, comme s'il était sur le point de s'attaquer à une tâche qui le dépassait.

Au cours des nuits qui suivirent, Forbes resta seul dans le cabinet de travail, un gros cahier aux pages non lignées ouvert devant lui. À intervalles réguliers, il plongeait le porte-plume dans la bouteille remplie de liquide incolore et traçait des mots qu'on ne pouvait voir, puisque l'encre coulant de sa plume était aussi transparente que la plus limpide des eaux.

« Il est fou, pensa Puck. M'man a raison, il ne sait plus ce qu'il fait. »

Ce fut la première fois, oui la première, qu'il douta du bon sens de son grand-père, et il en conçut une grande honte. Mais le spectacle de cet homme solitaire qui, nuit après nuit, écrivait avec de l'eau un roman condamné à demeurer à jamais invisible le terrifiait. À deux ou trois reprises, dans la journée, il se glissa dans le bureau désert pour feuilleter le gros cahier aux pages lisses, vierges, désespérément blanches. Il avait beau scruter le papier à s'en faire mal aux yeux, aucun mot n'était décelable. Ce que Darian Forbes avait écrit s'était évaporé avec l'eau tombée de la plume de fer... et personne ne pourrait le lire, *jamais*. C'était un chef-d'œuvre inutile, perdu pour tous. Peut-être son plus beau livre.

Le porte-plume reposait sur le buvard du sous-main, bizarre tige métallique coulée dans un matériau gris habité de turbulences internes. Cette luminescence cendreuse évoquait pour l'enfant la clarté de la pleine lune. « Fer de lune... » Les mots s'imprimèrent dans son esprit, et il resta un long moment immobile à contempler l'instrument, comme s'il regardait la plume d'oie ayant servi à signer la déclaration d'indépendance.

Plus tard, l'homme triste demanda à Darian Forbes :

— Est-ce fait ?

— Pratiquement, répondit l'écrivain. Mais je n'ai presque plus d'encre.

— Il faudra vous en contenter, murmura l'étranger. Je n'ai rien d'autre à vous offrir. Avez-vous pensé que vous commettez peut-être une terrible erreur ?

— Oui. Mais je n'ai pas le choix. Il faut laisser une chance à l'humanité.

— Je ne sais pas, soupira l'inconnu. Je n'aurais peut-être pas dû vous dire la vérité.

Puck ne put en entendre davantage car les deux hommes s'éloignèrent en direction des arbres. De dos, ils avaient la même posture voûtée et marchaient du même pas harassé.

Les autres valises ne contenaient rien que l'enfant fût en mesure d'utiliser. Dans la dernière, il trouva un lot de radios portatives à transistors, mais il eut beau en actionner tous les boutons, il ne réussit jamais à leur faire jouer la moindre musique.

Puck se promena avec M'Boussa. La fièvre lui avait laissé les jambes molles.

— Ça va finir, chuchota le vieux pisteur. C'est la dernière fois que tu viens ici, petit Blanc. Les soldats viendront tuer le capitaine Sahib dès que tu seras parti dans la machine volante. M'Boussa ne craint rien puisqu'il est déjà mort, mais on lui enlèvera sûrement la boîte magique, alors il retombera raide dans la neige, et les lynx viendront manger sa vieille viande. C'est ça qui l'embête le plus.

— Comment le sais-tu ? ricana Puck.

— Le capitaine me l'a dit. C'est écrit. Y a rien à faire.

Le lendemain, Darian Forbes vint réveiller son petit-fils dès l'aurore. Il était habillé pour la chasse, mais paraissait soucieux. Dès que l'enfant fut prêt, il lui tendit un fusil et l'engagea à le suivre. Puck nota des silhouettes en treillis au sommet d'une crête. Les soldats. C'était la première fois qu'ils ne prenaient pas la peine de se cacher. Il y avait dans leur attitude une insolence qui le mit en alerte.

Le vieil homme ne prononça pas un mot tant qu'ils furent à découvert. Une fois sous les pins, il se mit à parler d'une voix essoufflée, sans regarder en direction de l'enfant.

— Écoute, murmura-t-il, je n'aurai sans doute plus l'occasion de te parler, alors il me faut faire vite. Ne pose pas trop de questions. Je sais que tu n'as rien oublié de ce qui s'est passé ici il y a trois ans. M'Boussa t'a rafraîchi la mémoire à sa manière un peu fruste. Comme je te l'ai déjà dit, c'est maintenant ton tour de prendre le relais. Je t'ai préparé à cela. Te souviens-tu de l'homme triste qui se trouvait ici l'année où je me suis si peu occupé de toi ?

— Oui, fit Puck. M'Boussa dit qu'il venait des étoiles. C'est vrai ?

— Oui, haleta Darian Forbes avec une force douloureuse qui lui fit fermer les yeux l'espace d'une seconde. Je vais maintenant te dire la vérité à son sujet. Cela te paraîtra sans doute incroyable mais je n'invente rien, je te le jure. Cet homme, c'était le guide... Notre guide. Un être dépêché chez nous par une civilisation vivant dans une autre galaxie. Il était venu pour nous communiquer des informations sur notre avenir. Je sais que tout cela a l'air démentiel, mais tu dois me croire, car je n'ai pas le temps de te donner des preuves, tout va se jouer en quelques heures à présent. Tu as vu les soldats ? Ils ne se cachent même plus. Ils veulent me faire comprendre que mon sort est déjà arrêté.

Le vieillard s'adossa à un tronc. Il avait l'air hagard, traqué. Ses mains gantées de cuir étreignaient nerveusement le Weatherby avec lequel il avait abattu, jadis, tant de lions.

— Cet homme, reprit-il, cet homme venu des étoiles portait écrit dans la paume de la main gauche le destin de la Terre, le destin de notre monde à travers les siècles. L'horoscope d'une planète, des prévisions commençant à l'aube de l'humanité et allant jusqu'à la fin des temps... C'est ainsi que les choses s'organisent chez eux. Ils naissent chacun responsable d'une planète particulière dans un quelconque système solaire. Ils viennent au monde avec ce fardeau marqué au creux de la main, le futur d'un monde qu'ils ne connaissent pas mais qu'ils vont devoir prendre en charge, pour le meilleur et pour le pire. La ligne de vie tracée dans leur paume n'est pas la leur, mais celle de la planète qu'ils ont pour mission de guider. Tout y est : les étapes successives de l'humanité, les guerres, les inventions, les grandes découvertes, les tueries, les erreurs qui mèneront les hommes à leur perte. Tout est détaillé, à l'infini. C'est comme un gouffre sans fond, quand on se penche au-dessus on se sent aspiré. Il suffit de savoir lire, de savoir déchiffrer...

— Et toi tu savais ?

— Oui, j'ai appris en Afrique, avec une sorcière, quand j'étais jeune. J'ai tout lu... J'ai été terrifié. Tout ce qui concernait le passé était exact. L'étranger m'a expliqué que le tracé de sa paume évoluait au fur et à mesure que le temps s'écoulait ; que les lignes concernant notre passé collectif s'effaçaient progressivement pour faire place aux événements futurs. Il ne voulait rien cacher. Je n'ai jamais pu savoir s'il était d'une terrible naïveté ou complètement résigné. Son vaisseau s'était écrasé quelque part au Nouveau-Mexique, et tout de suite l'armée l'avait fait prisonnier. Tu as dû entendre parler du crash de Roswell ? C'était lui.

— Pourquoi te l'ont-ils amené ?

— Parce que j'avais déjà étudié des cas semblables pour l'Agence, juste après la guerre. On craignait alors des expérimentations soviétiques. Le ministère de la Guerre prenait la chose très au sérieux. Et puis j'étais le partenaire rêvé : en cas d'indiscrétion, on ne me prendrait pas au sérieux. Un écrivain, tu penses !

— L'homme, ils l'ont maltraité ?

— Non. Ils ne savaient comment se comporter avec lui. Son message les gênait. Ils se fichaient bien de ses avertissements, ils voulaient juste obtenir des renseignements sur la technologie du vaisseau. Ils désiraient le « mode d'emploi ». C'était le terme qu'ils employaient. Un mode d'emploi.

— Alors, les « radios portatives », elles venaient vraiment du vaisseau ?

— Oui, elles faisaient partie de la trousse de secours. Pour les hommes des étoiles, c'était l'équivalent d'un simple matériel de réanimation électrique, une sorte de défibrillateur, mais sur l'organisme humain, elles ont un effet bien plus puissant... trop puissant.

— Elles ressuscitent les morts ?

— Oui. J'ai consigné dans un cahier tout ce que j'ai pu déchiffrer dans la paume de l'étranger. Année par année. Les drames, les catastrophes, les crises mondiales. J'ai détaillé le plus possible les dates, les lieux, les responsables. Tout... jusqu'à la fin des temps, jusqu'à la mort de la Terre. Mais l'homme des étoiles m'a dit que rien n'était immuable, qu'en changeant certains éléments on pouvait modifier le cours des choses. C'est cela qu'il était venu dire à ceux qui nous gouvernent : « Vous marchez au désastre, mais rien n'est perdu, étudiez le futur et modifiez-le... » Il savait, il était le guide, il n'avait qu'à ouvrir la main et lire dans sa paume pour savoir ce qu'allaient entraîner les décisions des chefs d'État. Sa présence à nos côtés nous aurait permis de corriger le tir à chaque fausse manœuvre. Il aurait suffi de le consulter, il aurait déplié les doigts et décrypté l'oracle des lignes inscrites dans la chair de sa main gauche... Mais ils n'ont pas voulu de lui, ils refusaient de le croire. Ils m'ont traité d'imbécile, de gogo. Ils voyaient en lui un agent des Russes envoyé pour nous manipuler. Ils n'avaient que le mot « supercherie » à la bouche.

— Tu as tout écrit ?

— Oui, avec une encre sympathique qui n'existe pas sur Terre et qu'il m'avait donnée. Une encre qu'aucun de nos produits chimiques ne peut contraindre à se révéler.

— Alors, le livre blanc, c'était ça ?

— Oui, le texte apparaîtra tous les dix ans, pendant une demi-heure, puis s'effacera de nouveau, et le livre redeviendra blanc, apparemment vierge, pour dix nouvelles années. C'est le seul moyen que nous avons trouvé pour protéger les secrets terribles dont chaque feuille est couverte. Tu ne devras à aucun prix manquer le rendez-vous, et tu ne disposeras que de trente minutes pour mémoriser les révélations de la décennie à venir. Ce sera à toi ensuite de peser le pour et le contre, de voir en ton âme et conscience comment tu peux influer sur les événements futurs... Je sais que c'est une responsabilité terrible, mais tu es le seul à qui je puisse passer le relais. Je suis trop vieux, et ils vont bientôt me tuer. Ils n'ont plus confiance en moi... Ils me soupçonnent de les avoir trahis. Ils n'ont pas tout à fait tort.

— Mais l'homme, pourquoi ne voulaient-ils pas l'écouter ?

— Ce qu'il avait à dire était trop dérangeant. Et puis les choses auraient fini par s'ébruiter, fatalement, il serait devenu une sorte de messie, de dieu vivant. Il aurait éclipsé tous les hommes politiques, tous les chefs religieux. Il aurait été le seul à savoir. Personne ne pouvait tolérer ça. Il était en mesure d'exercer le contrôle suprême, il pouvait nous signaler chacune de nos erreurs, c'était inadmissible. Les hommes veulent être libres de se tromper, même si cela doit causer leur perte à tous.

Forbes se tut. Il respirait avec difficulté. Malgré la température très basse, une fine pellicule de sueur faisait luire son visage. Il regarda une fois de plus par-dessus son épaule.

— Le livre des secrets, je l'ai maquillé en album de photographies, reprit-il, tu le sais. En haut de la première page, à droite, tu verras une mention à l'encre noire, une date, une heure. Ce sont les coordonnées de base à partir de quoi tu pourras déterminer l'heure exacte à laquelle le livre révélera ce qu'il contient. Un anniversaire à fêter tous les dix ans. N'oublie jamais : le texte ne sera lisible que pendant trente minutes, pas une de plus.

Il insista pour que l'enfant répète à haute voix ces paramètres et les grave dans sa mémoire, puis il se leva en se servant du fusil comme il l'aurait fait d'une canne.

— L'homme des étoiles est enterré derrière la maison, ajouta-t-il. Les tueurs de la CIA l'ont abattu, ils prétendaient qu'il était devenu incontrôlable. Ils lui ont coupé la main gauche pour l'expédier à Langley, au siège de la compagnie. Ça ne leur a pas servi à grand-chose car toutes les lignes inscrites dans la paume se sont effacées pendant le voyage. À l'arrivée, la main était parfaitement lisse, comme une page blanche.

Pendant qu'ils traversaient la forêt de pins, il ajouta :

— J'ai préparé ta fuite pour les trente années à venir. Tu te rappelles nos leçons de géographie ? Je m'en servais pour te faire mémoriser toutes les caches que j'ai installées à ton intention à travers le pays. J'ai utilisé ma fortune pour assurer ta protection. Dans chacun de ces endroits, une planque t'attend, elle a été achetée par un homme de paille, et j'y ai dissimulé de l'argent, des armes, des faux papiers. Ainsi, tu n'auras pas à travailler pour assurer ta subsistance et tu pourras te consacrer tout entier à ta mission. Ils te poursuivront, tu devras rester très mobile et effacer tes traces, ne te fier à personne, surtout pas aux femmes. Ta seule chance de survie, c'est de changer fréquemment de personnalité et de résidence. Pour le moment tu n'es pas encore menacé, la machine se mettra en marche dans sept ans, lorsque le livre des secrets t'apparaîtra pour la première fois. Tu auras alors dix-huit ans, l'âge de passer à l'action. J'ai noté sur la page de garde les adresses de toutes les banques où un dépôt d'argent t'attend, sous un nom de fantaisie. Une banque par planque. Tu trouveras chaque fois les faux papiers dans la salle de bains, sous le revêtement mural, derrière le miroir pendu au-dessus du lavabo. Encore une chose : le livre ne peut être ni photocopié ni photographié, l'encre a été conçue pour « éblouir » les surfaces sensibles, c'était une précaution élémentaire. Si un agent du FBI ou de la CIA essayait d'en prendre des clichés au Minox, il n'obtiendrait qu'une pellicule surexposée, brûlée, blanche de la première à la dernière image.

— Trente minutes pour lire les prédictions, balbutia Puck, ce n'est pas beaucoup...

— Lire plus longtemps te rendrait aveugle, répondit le vieil homme d'un ton dur. Ta rétine serait brûlée, comme la pellicule de l'appareil photo dont je parlais à l'instant. Ça tient aux composants du produit qui n'a pas été conçu pour les terriens. Porte des lunettes noires chaque fois que tu te pencheras sur le livre, elles te protégeront de l'éblouissement.

Il se racla la gorge.

— Voilà, fit-il, je crois que je t'ai tout dit. À partir de maintenant nous ne ferons plus allusion à tout cela. Je vais te faire raccompagner chez tes parents plus tôt que prévu, en prétextant que je suis malade, c'est pour ta sécurité. J'ai peur que les soldats s'impatientent. Il ne faudra pas pleurnicher, ça éveillerait leur méfiance. J'ai glissé l'album dans ton sac à dos, n'enlève pas les photos, même quand tu seras de retour chez toi, elles constituent un excellent camouflage. Inutile de te recommander d'en prendre soin, c'est mon œuvre la plus importante.

Juste avant d'atteindre la maison, le vieux se pencha vers l'enfant et le serra dans ses bras, avec toute la force dont il était encore capable. Puck se mordit la langue jusqu'au sang pour ne pas pleurer.

Dès le lendemain, Forbes s'isola dans son cabinet de travail et se mit à avaler gimlet sur gimlet, comme s'il voulait s'anesthésier. Raide, coincé entre les accoudoirs de son fauteuil, il promenait sur le monde un œil vitreux. Puck comprit qu'il était inutile d'aller le voir, tout avait été dit dans la forêt.

— Faut faire ton sac, ordonna M'Boussa. Les soldats, ils se rapprochent de la maison... Faut pas traîner. Le patron Sahib a commandé l'hélicoptère par radio. Le grand safari t'attend, essaye que les lions ne te mangent pas trop vite.

Puck s'habilla et descendit au salon. Les deux hommes portant des lunettes d'aviateur se présentèrent sur le seuil une heure plus tard. Ils ignorèrent M'Boussa et s'emparèrent des bagages de l'enfant qu'ils fouillèrent rapidement. L'album ne retint pas leur attention.

Quand la Jeep emmena Puck vers la piste d'envol, M'Boussa sortit sur le perron et salua une dernière fois le petit garçon en poussant le cri de guerre de sa tribu, le grand *Simba S'awaari,* le rugissement de l'ultime combat.

Puck savait qu'il ne reverrait jamais son grand-père.

Puck était revenu chez lui depuis une semaine quand on annonça à la radio la mort de Darian Forbes. Aux dires du présentateur, l'écrivain s'était suicidé au cours d'une crise de dépression en se tirant un coup de fusil dans la bouche.

Si le père de Puck avait été informé avant que la nouvelle ne fut rendue publique, il n'en avait rien laissé paraître. M'man, elle, ne chercha pas à cacher son soulagement.

L'ouverture du testament fut une mauvaise surprise pour les parents de l'enfant, car la fortune de Darian Forbes avait mystérieusement fondu sans qu'on sache très bien à quoi il avait pu l'employer. On supposa qu'il s'était ruiné en safaris, femmes, fêtes somptueuses, expéditions archéologiques, croisières et autres fadaises dont ses livres s'étaient nourris tout au long de sa carrière. Le produit annuel des droits d'auteur mondiaux permit tout de même à Jack Forbes de démissionner du service d'intendance de l'armée de terre et d'acheter en Californie, à Santa Monica, la maison dont sa femme rêvait depuis toujours. Pendant quelque temps, Jack et Sally Forbes menèrent une existence dorée puis, la routine et l'ennui s'installant, le père de Puck voulut se lancer dans les affaires. Il se fit gruger par des associés indélicats et l'entreprise se solda par une faillite retentissante. Cette malheureuse aventure l'accabla de dettes pour le restant de ses jours. Sans la rente annuelle que lui assuraient les droits d'auteur de son père, la famille se serait trouvée réduite à la mendicité. Il fallut mettre en vente la villa de Santa Monica pour emménager dans un modeste bungalow préfabriqué de la banlieue de Los Angeles, dans un « mauvais quartier » que les Blancs commençaient à déserter en raison du nombre trop élevé de familles noires « colonisant » le voisinage.

À la mort de son grand-père, Puck fut victime d'un curieux phénomène de détachement. D'un coup, et sans qu'il sût très bien pourquoi, tout ce qu'il avait vécu en compagnie du vieil homme s'estompa dans sa mémoire pour se trouver relégué au rang des fantasmagories infantiles. Deux ans après le décès de l'écrivain, il en était arrivé à considérer son dernier séjour au ranch enneigé comme le produit d'une imagination déréglée par la fièvre. « J'étais sacrément malade, se disait-il lorsqu'il lui arrivait d'évoquer cet épisode. Bon Dieu ! Quels foutus cauchemars j'ai fait ! »

Il avait remisé l'album photo en haut de sa bibliothèque et n'y touchait jamais. Cet éloignement était renforcé par le fait que ni sa mère ni son père ne prononçait le nom de Darian Forbes. D'ailleurs, la mode et les idées évoluant, les ventes des romans de l'écrivain-aventurier déclinaient sensiblement au fil des ans. Il fut bientôt considéré comme un auteur réactionnaire, « républicain » ; les intellectuels et les mouvements féministes le mirent à l'index. Dès lors, les parents de Puck virent leurs difficultés financières s'accroître, et la vie devint encore plus maussade à l'intérieur du bungalow.

L'adolescence de Purcell fut difficile. Très vite, il contracta un dégoût profond pour tout ce qui relevait de la fantasmagorie, du fantastique ou de la science-fiction. Romans, bandes dessinées, films, tout ce qui avait un quelconque rapport avec l'imaginaire, l'irrationnel, le révulsait et éveillait en lui une hargne qu'il s'avouait incapable de justifier. Les mascarades d'Halloween le mettaient dans un état proche de la crise de nerfs, et il déclencha un scandale dans le quartier en jetant un seau d'eau sur des gosses costumés venus réclamer des friandises comme l'exige la coutume. Cette attitude, qui allait à l'encontre de la tendance générale chez les *teenagers*, contribua à le marginaliser. Il eut bientôt la réputation d'être ennuyeux, dépourvu de fantaisie... et, pour dire toute la vérité, un peu demeuré.

Au collège, ses professeurs devaient frapper dans leurs mains pour le faire émerger de la stupeur où il s'abîmait jusqu'à perdre conscience de l'endroit où il se trouvait.

— À quoi rêvais-tu ? lui demandaient-ils. Raconte-nous un peu quel monde fabuleux tu visitais, que nous en profitions aussi.

Mais Purcell restait bouche bée. Il ne se rappelait rien. La seule image émergeant du brouillard qui lui emplissait la tête était celle de lents poissons paresseux, nageant mollement dans une eau épaisse et grise. Ça n'avait aucun sens.

Les adolescents riaient dans son dos, les filles surtout. On l'appela Face-de-Lune ou Le Martien. Il devint rapidement évident que sa scolarité, très chaotique, ne lui ouvrirait pas les portes d'une grande université. Lors de sa dernière année au collège, le psychologue scolaire convoqua Sally Forbes, mais celle-ci se contenta de hausser les épaules.

— Puck est comme son père, décréta-t-elle en se levant pour écourter l'entretien, un rêveur qui n'arrivera jamais à rien. Il y a des gens comme ça, ils font le malheur de leur femme. Je prie pour que mon fils ne se marie jamais.

Il y avait déjà un moment qu'elle avait cessé de se préoccuper de la vie de sa famille pour s'avachir devant son téléviseur, un gin-tonic à la main.

Le déclic se produisit lors d'une excursion à la montagne organisée par le collège de Purcell à l'occasion de la fête de fin d'études de sa promotion. Depuis qu'il vivait en Californie, l'adolescent n'avait plus jamais vu tomber un flocon de neige. Lorsqu'il descendit du bus et que ses chevilles s'enfoncèrent dans le tapis glacé, il faillit se trouver mal. Tout lui revint en mémoire, avec la puissance grondante d'un train chargé de poutrelles de fer roulant dans un tunnel. Il crut qu'il allait s'écrouler, victime d'un coup de sang, et se mit à saigner du nez, malaise que les moniteurs attribuèrent à l'altitude.

Lorsqu'il rentra chez lui, Purcell courut dans sa chambre pour récupérer l'album photographique qui prenait la poussière depuis sept ans sur la dernière étagère de sa bibliothèque. Il ne savait pas ce qu'il éprouvait réellement, mais il avait l'impression de sortir d'un coma prolongé. Il nettoya l'album, l'ouvrit sur son bureau. Il n'eut qu'à ajouter le nombre 10 à la date inscrite par son grand-père en haut de la page de garde pour apprendre que le livre des secrets lui révélerait son contenu dans deux jours, le

20 novembre 1963, à 9 h 05 très exactement. Sans l'excursion et le choc éprouvé au contact de la neige, il aurait manqué le rendez-vous !

Il ôta un à un les clichés maintenus en place au moyen de coins transparents, de façon à dénuder les pages. À présent, l'album avait repris son apparence première de cahier vierge. Purcell resta longuement assis à contempler le papier blanc, incapable d'arrêter une stratégie.

« Il était fou, se dit-il en songeant à son grand-père. Dans les derniers temps, il confondait le rêve et la réalité. Tout cela ne tient pas debout. »

S'il avait eu deux grammes de bon sens, il aurait jeté l'album dans un incinérateur pour se délivrer de l'enchantement que le romancier faisait peser sur lui. Oui, il aurait dû... mais quelque chose l'en empêchait. La curiosité, sans doute. Et aussi le sentiment d'une obscure obligation morale.

« Dans deux jours j'aurai la confirmation qu'il avait perdu la boule, décida-t-il, et je tirerai un trait définitif sur cette histoire. »

Il passa quarante-huit heures à se répéter qu'il n'y croyait pas. Qu'il n'y croyait plus. Qu'il avait grandi. À sa grande surprise, il réalisa qu'avec le temps il avait même fini par oublier la voix de Darian Forbes. Il eut beau faire des efforts, il ne parvint pas à reconstituer mentalement le timbre de l'écrivain. Cette carence de la mémoire le troubla, car il avait jusqu'alors toujours cru que l'oubli était le propre des vieillards. Il se sentit trahi... ou pris en faute, c'était selon.

Il dormit mal, s'éveilla à l'aube et resta allongé sur son lit. Ses paumes devenant chaque minute un peu plus moites au fur et à mesure que l'heure du rendez-vous approchait.

« Je devrais peut-être préparer un bloc-notes, au cas où... », se dit-il à plusieurs reprises, mais il ne bougea pas. Il avait hâte d'être délivré de ce lien qui le retenait encore à l'enfance, contre son gré. L'impatience le minait. Quand l'heure de la révélation approcha, il se leva, s'assit devant l'album et fixa la page blanche. Il se rappelait vaguement que son grand-père lui avait prodigué un certain nombre de conseils quant à l'utilisation du livre, mais il avait oublié la teneur de ces recommandations. De toute façon ça n'avait aucune importance, à l'heure dite le cahier resterait vierge, il en aurait mis sa tête à couper. Il ne s'agissait somme toute que d'une formalité, un rite d'adieu trop longtemps différé.

« Après je pourrai enfin devenir un homme », pensa-t-il, et il se prit à rêver sur ce qu'il ferait dès sa liberté retrouvée.

Au moment où il s'y attendait le moins, le texte parut soudain monter du fond des eaux, comme si la page dissimulait un abîme liquide. Les lettres, d'abord floues, grises, tremblotants fantômes, s'affermirent, et Purcell put identifier l'écriture inimitable de Darian Forbes. Cette « graphie à la sagaie » évoquée jadis par un critique à la mode en veine d'images journalistiques. Puis l'encre fonça, devint d'un noir *lumineux*, curieusement scintillant. Le jeune homme eut l'illusion qu'elle redevenait liquide et brillait sur le papier comme si elle venait de couler d'un porte-plume. Dix années s'abolirent en une fraction de seconde. Les mots tracés par Darian Forbes, humides, ressuscitaient leur auteur, réactualisant l'instant où il les avait dessinés de la pointe de cette plume d'outre-espace aux reflets de pleine lune.

L'étrangeté du phénomène plongea Purcell dans une stupeur proche de l'hébétude. Il lui fallut accomplir un effort pour commencer à lire. D'abord c'était une liste. La liste des caches aménagées par Darian Forbes à travers tout le pays ; ensuite venait le calendrier des mois à venir, l'énumération des événements destinés à se produire au cours des dix prochaines années. Chaque paragraphe donnait les noms des responsables, mais aussi ceux des victimes, détaillait les complots, les machinations, dénonçait les collusions. Le texte, fort long, s'étendait sur une vingtaine de pages couvertes de lettres minuscules. La panique s'empara du garçon. Comment pourrait-il lire la totalité des prédictions en trente minutes ? C'était impossible ! Il s'affola. Son regard courait sur le papier sans parvenir à se fixer. Il lisait sans comprendre, il aurait pu tout aussi bien ânonner un texte rédigé dans une langue inconnue.

« Calme-toi ! se dit-il enfin. Il y a bien quelque chose d'écrit au moyen d'une encre sympathique très spéciale, mais cela ne prouve nullement que tu te trouves en face de véritables prophéties ! Il ne faut pas tout confondre. »

Ce raisonnement le rasséréna quelque peu, et il perdit du temps à se répéter que c'était le dernier caprice d'un vieux fou paranoïaque. Des « mémoires du futur », imaginées par un auteur sénile et transcrites au moyen d'un gadget prélevé dans l'arsenal des espions de la CIA. Pourquoi s'emballer ? Il ne pouvait pas s'agir d'autre chose.

La brillance des mots lui faisait mal aux yeux, une douleur vrillait son nerf optique. Il se rappela confusément que son grand-père avait mentionné quelque chose à propos de lunettes noires, une recommandation impérieuse. Il fallait se protéger les yeux sinon... Sinon quoi ?

Il allait tendre la main pour saisir sa paire de Wayfarer quand une phrase arrêta son geste. « ... le président John Kennedy sera assassiné à Dallas le 22 novembre 1963, devant le dépôt de livres scolaires fédéral... »

Purcell eut un haut-le-corps, vérifia la date. Le 22 novembre, c'était dans deux jours.

« Absurde », pensa-t-il, et il continua à scruter les mots qui pâlissaient déjà. Les trente minutes étaient écoulées. Le texte retournait à sa vie souterraine. Purcell regarda la prophétie s'éloigner, rentrer à « l'intérieur » de la page. Le calendrier du futur n'était déjà plus qu'une suite d'ombres grises à la surface du papier. Cette fumée, cette poussière s'évanouit à son tour, et il n'y eut plus rien que la blancheur neigeuse de la page vierge.

« Absurde », s'obstina à penser le jeune homme. L'énormité de la révélation lui ôtait tout scrupule, toute hésitation. Cette fois, la preuve était faite : Darian Forbes avait rédigé son « livre des secrets » en proie au délire sénile. Il referma l'album, soulagé de n'avoir plus ce poids à traîner, et, tout le reste de la journée, il s'amusa à se faire peur en s'imaginant ce qu'aurait été sa vie s'il avait dû jouer le rôle que lui destinait son grand-père.

Une existence affreuse, à n'en pas douter ! Une fuite permanente, des années passées à trembler, à se méfier de tout le monde, à voir dans chaque livreur de pizza un assassin aux ordres de la CIA... Une vie de solitude et de peur, de culpabilité, de responsabilités écrasantes.

Quand le soir tomba, il était presque heureux. Pour la première fois depuis son arrivée en Californie, il se sentait bien. Il se rendit à Redondo Beach et observa les surfeurs. Il se persuada qu'avec un peu d'entraînement il arriverait à faire comme eux. Pourquoi pas, puisque le futur lui appartenait, désormais ? Il se surprit à lorgner les filles, et certaines lui retournèrent un sourire dépourvu de moquerie. Il n'était plus Face-de-Lune ou Le Martien, il était Purcell Forbes, un garçon de dix-huit ans qui sortait de la prison d'une interminable enfance.

C'était formidable de se dire que la vie s'ouvrait toute grande devant lui, telles les portes d'un magasin à la veille de Noël, et qu'il n'aurait qu'à se promener entre les rayons pour se servir... se servir...

Le doute lui vint le lendemain matin, avec le bulletin des informations radiophoniques. Le président Kennedy se rendait effectivement à Dallas. Cette étape, qui ne figurait pas à l'origine dans son programme, venait d'être rajoutée à la dernière minute. Alors seulement, Purcell prit conscience que Darian Forbes n'avait pu « rêver » ce détail dix ans à l'avance. Prévoir l'accession de Kennedy à la présidence, oui, c'était encore possible, car Grand-Père avait toujours été très fort au petit jeu des spéculations, mais cela... cette chose infime... un changement d'itinéraire.

— Tu ne finis pas tes céréales ? lui demanda sa mère. Qu'est-ce que tu as aux yeux ? Ils sont injectés de sang. Ce n'est pas normal. Montre un peu ça.

Elle voulut l'examiner mais il la repoussa. Il avait très mal à la tête et envie de vomir. Il s'enfuit de la maison et erra jusqu'au soir à travers la ville. Quand la nuit commença à tomber, il entra dans une cabine téléphonique, demanda à la standardiste le numéro du FBI et répéta simplement la phrase lue dans l'album.

— Demain, le président Kennedy sera assassiné à Dallas.

Puis il raccrocha. Que pouvait-il faire de plus ? Il avait dix-huit ans, et aucune preuve pour étayer ses dires. Quand il rentra chez lui, sa mère l'examina avec inquiétude.

— Tes yeux, dit-elle, c'est encore pire que ce matin. Il faut consulter un médecin.

Quand Kennedy fut tué, le 22 novembre 1963, Purcell se trouvait dans le cabinet de l'ophtalmologiste. Il venait de s'entendre dire que, pour une cause mystérieuse et indéterminée, sa vue venait de baisser de plusieurs dixièmes, comme s'il s'était amusé à fixer une explosion nucléaire... L'annonce de l'assassinat plongea le praticien dans un tel état de confusion que Purcell en profita pour s'en aller sans payer.

Il venait de manquer son premier rendez-vous avec le livre des secrets. Le prochain aurait lieu le 20 novembre 1973, il aurait alors vingt-huit ans.

Dans l'année qui suivit l'assassinat du président, la commission Warren n'accorda que peu d'attention à un enregistrement de sept secondes communiqué par le FBI au titre des pièces soumises à examen ; enregistrement sur lequel la voix d'un tout jeune homme annonçait la mort de John F. Kennedy vingt-quatre heures à l'avance. On s'entendit pour considérer la chose comme une simple coïncidence, et la pièce fut écartée. Rien de scandaleux à cela. Le FBI était invariablement assiégé d'appels farfelus à chaque apparition publique d'un homme d'État, les menaces de mort ou d'attentat constituant la majorité de ces avertissements anonymes. Plus tard – trois ans après la conclusion de la commission Warren –, le procureur Jim Garrison s'interrogea sur le sens qu'il convenait de donner à cet enregistrement, mais n'aboutit à aucune conclusion satisfaisante. Le ruban magnétique fut récupéré par l'une des sections parallèles de la CIA, et il se trouva quelqu'un d'assez ancien dans le service pour évoquer l'affaire Darian Forbes qu'on croyait enterrée depuis longtemps. Les rapports des agents affectés au ranch furent épluchés. La présence du petit-fils de l'écrivain, quelques jours seulement avant le « suicide » de ce dernier, fut jugée inquiétante. Le vieillard ne lui avait-il pas communiqué certaines informations *top classified* ?

Convoqués, les agents se remémorèrent les longues promenades effectuées par le vieillard et l'enfant autour du ranch, et ce parti pris d'isolement leur parut *a posteriori* suspect. On décida de mettre en place un système de surveillance discret pour faire face à toute éventualité.

Purcell, lui, avait perdu le sommeil. Il maudissait sa négligence, son incrédulité. Il savait d'ores et déjà qu'à chaque nouvelle catastrophe il ne pourrait s'empêcher de se sentir coupable.

« Si j'avais lu le livre, se disait-il, j'aurais peut-être pu faire quelque chose, prévenir la presse, dissuader les comploteurs au moyen de lettres anonymes, alerter l'opinion publique... »

Il s'imaginait postant à destination de hauts personnages dont les noms hantaient les manchettes des journaux des missives barrées de la mention : « Fuyez, tout est découvert ! » ou encore : « Méfiez-vous, on vous surveille ! »

Ces grains de sable auraient probablement suffi à enrayer la machine, à semer le doute, la zizanie dans les rangs des comploteurs. Parfois il n'en fallait pas davantage pour faire avorter un projet. Oui, ç'aurait pu être son rôle : semer le doute, affaiblir les structures, éveiller la méfiance... Hélas, pour mener ce travail à bien, il aurait fallu qu'il lise au moins dix feuillets du livre des secrets !

Sa stupidité l'atterrait, et il lui arrivait d'ouvrir l'album pour fixer les pages, comme si ses prières muettes allaient suffire à sortir le texte de son invisibilité.

C'était à se cogner la tête contre les murs. Il avait eu le calendrier du futur entre les mains – le planning du destin pour les dix ans à venir ! – mais n'avait pas su l'utiliser.

Sa santé s'altéra. Des insomnies le tenaient éveillé la plus grande partie de la nuit. Il se torturait, essayant d'extraire de sa mémoire les bribes de phrases que son cerveau aurait pu enregistrer à son insu, de manière subliminale. Un mot étrange l'avait frappé : *Viêt-nam*, un mot que Darian Forbes semblait avoir employé un grand nombre de fois. Ce qui était assez curieux, car les États-Unis n'y entretenaient qu'une poignée d'observateurs militaires et de conseillers techniques. La situation allait-elle se dégrader dans ce lointain pays que la plupart des gens auraient été incapables de situer sur une carte ?

Purcell commença à maigrir. Sa vue se dégradait ; il avait déjà dû changer deux fois de verres correcteurs depuis le 20 novembre 1963. Il se sentait de plus en plus mal à l'aise. Quand il décrochait le téléphone, il percevait d'étranges cliquetis sur la ligne. Dans la rue, lorsqu'il se servait des vitrines comme d'un rétroviseur géant, il lui arrivait fréquemment de surprendre les mêmes types attachés à ses pas. Coïncidences ou filatures ? Il décida qu'il était en danger. Quelque part, dans les méandres de la termitière nommée CIA, quelqu'un avait probablement rouvert le dossier Darian Forbes. Il prit peur. Une nuit, il quitta la maison de ses parents par derrière et sortit du bloc en traversant les jardins des voisins. Il n'emportait qu'un sac à dos contenant l'album photographique et quelques ustensiles de première nécessité. Une heure plus tard, il sautait dans un bus en partance pour le Texas. La cavale commençait. Elle allait durer sept ans.

Ce furent pour Purcell des années de grande solitude et de tourment incessant. Fidèle aux principes enseignés par son grand-père, il ne restait jamais longtemps en place et prenait soin de changer d'apparence chaque fois qu'il s'installait dans une nouvelle cache. Les planques se révélèrent interchangeables, des studios minables, encombrés de meubles d'occasion. On avait privilégié la quantité sur la qualité : beaucoup de niches, mais de médiocre standing. Pendant toutes ces années, la principale occupation de Purcell consista à dépouiller la presse à la recherche des catastrophes qu'il aurait pu empêcher s'il avait su convenablement utiliser les prophéties du livre. Elles étaient nombreuses : accidents d'avion, bombes posées dans les grands magasins, explosion de centrale nucléaire, attentats en tous genres...

« Ça, c'était facile, se répétait-il. Un coup de fil aurait pu empêcher l'avion de décoller ou aurait déclenché une fouille des lieux. On aurait fini par trouver la bombe, on aurait évacué les bâtiments ou l'appareil. »

Oui, il aurait pu sauver des centaines de vies

humaines avec un simple téléphone. Il aurait pu devenir l'ange gardien des innocents, de tous ceux qui périssaient dans les attentats ou dans les accidents les plus imprévisibles. Il imaginait des stratégies, s'organisait avec une efficacité qui venait trop tard.

« Il y avait des listes de victimes, se rappelait-il. Dans le livre, j'ai vu des noms... Des dates, des lieux, des noms. J'aurais dû les noter. »

L'album lui avait fugitivement donné accès à la comptabilité de la Mort, il finissait par s'en persuader. L'homme venu des étoiles avait communiqué ces tristes bilans à Darian Forbes. La tête de l'étranger était remplie d'annuaires funèbres, il n'avait eu qu'à en réciter les noms, tels ces phénomènes de foire qui connaissent le Bottin par cœur et égrènent en une comptine monotone la liste des abonnés au téléphone.

S'agissant de l'écrasement d'un vol commercial, Purcell se voyait cherchant dans l'annuaire téléphonique les coordonnées des passagers et les appelant un à un pour les prévenir de ce qui les attendait. Certains l'auraient écouté, d'autres pas, mais sa responsabilité aurait été dégagée. Oui, il aurait pu faire cela : sauver chaque jour des centaines d'innocents, ç'aurait été sa mission... Pendant dix ans il porterait le poids de cette faute, il vivrait dans la hantise de ce qui aurait pu être. Jusqu'à ce qu'il puisse racheter son erreur.

« Je suis comme un médecin qui aurait découvert un remède miracle mais serait devenu amnésique entre-temps », se disait-il chaque fois qu'il froissait un nouveau journal. Il était devenu une éponge gorgée de toute la culpabilité du monde. Un réparateur compétent mais ayant oublié sa boîte à outils. Il ne servait à rien.

Comme il lisait dans les *diners* où il prenait tous ses repas, il finissait par se lier avec les serveuses. Il était bon client et laissait des pourboires généreux. On l'aimait bien, ses airs souffreteux éveillaient une certaine compassion chez les jeunes femmes préposées au remplissage des tasses de café.

— Qu'est-ce que vous faites dans la vie ? lui demandaient-elles. C'est les petites annonces que vous épluchez ? Vous cherchez du travail ?

Non, répondait-il. Il faisait des études de journalisme, ce qui l'obligeait à se tenir au courant et à étudier le style des articles.

Il sentait bien qu'il n'aurait pas dû tant se montrer en public, mais la solitude le prenait à la gorge et il ne supportait plus de rester enfermé dans les planques aménagées par Darian Forbes, à regarder les cafards courir sur les murs.

— Avec vos yeux, soulignaient les serveuses, c'est pas bon de lire autant. Il vous faudrait quelqu'un qui vous ferait la lecture, une gentille personne à la voix agréable...

Car la vision de Purcell ne s'améliorait pas. Terrifié à l'idée de n'être pas capable de lire assez vite le livre des secrets lors de sa prochaine sortie des limbes, il suivait des cours de lecture rapide qui le fatiguaient énormément.

Après chaque exercice, il était la proie de migraines épouvantables et croquait de l'Anacin à pleines poignées. Un chronomètre à la main, il s'entraînait à parcourir un maximum de pages en un minimum de temps. Il avait acheté un gros magnétophone afin d'être en mesure d'enregistrer des notes au cours de l'exercice. C'est de cette manière qu'il comptait affronter le livre, le 20 novembre 1973, et en retirer le plus d'informations utilisables.

« Ces dix ans d'attente, songeait-il, je dois les vivre comme un entraînement. Je suis un sportif qui se prépare en vue d'une épreuve formidable. Je dois être à la hauteur. »

Mais des craintes l'assaillaient. L'une d'elles concernait l'écriture de son grand-père. Serait-elle lisible ? Serait-il en mesure de la déchiffrer ? La lecture de vieilles revues littéraires lui avaient appris que les manuscrits de Darian Forbes étaient pratiquement indécryptables tant la graphie de leur auteur se déformait au fil du texte.

« Je me rappelle, avait déclaré l'ancien éditeur de Forbes dans un article de l'*Atlantic Monthly*, que la première page était toujours très bien calligraphiée, d'un maintien presque scolaire, mais qu'ensuite les choses se gâtaient nettement, surtout quand Darian commençait à s'exciter sur son texte. Ma secrétaire était incapable de le relire, c'est pourquoi j'ai exigé qu'il nous donne ses œuvres sous forme dactylographiée, ce qui l'a mis dans une rage folle, car c'était, à son avis, un travail indigne d'un homme... »

Le reportage, qui datait de la fin des années 50, plongea Purcell dans une grande inquiétude. Le livre des secrets ne risquait-il pas d'avoir subi la même dérive scripturale ?

Cette interrogation ne fit qu'ajouter à son désarroi.

À présent, chaque fois qu'il passait en revue les catastrophes emplissant les colonnes des journaux, il additionnait sur un calepin les victimes qu'il aurait pu sauver *si seulement*... Le chiffre obtenu l'effrayait. Plus le temps passait, plus il se sentait gagné par la conviction d'avoir assassiné ces gens. À l'insu de tous, il était devenu un criminel de paix à l'échelle mondiale. Un tueur en série au palmarès effrayant.

Alors qu'il résidait à Miami, il manqua d'être renversé par un chauffard. Peu après, l'immeuble où il résidait prit feu. Ces coïncidences éveillèrent sa méfiance. Les hommes à lunettes d'aviateur avaient-ils retrouvé sa trace ?

Il reprit la route. Il souffrait d'un ulcère qui lui rendait la vie impossible. Il se laissa pousser les cheveux, changea d'apparence. On était en 1966, les choses se gâtaient au Viêt-nam. Purcell ne cessait de se demander ce qui se serait passé si Kennedy n'avait pas été assassiné. On prétendait que le beau « Jack » se serait formellement opposé à toute dérive militariste. Fallait-il le croire ?

Purcell contemplait son bloc-notes en s'interrogeant. Devrait-il bientôt additionner les futurs morts du Viêt-nam à tous ceux qu'il avait déjà sur la conscience ?

« Le premier homme que j'ai tué, songeait-il, c'est Kennedy. La commission Warren et le procureur Garrison se trompent sur l'identité des coupables, je suis le seul véritable assassin du président, les autres ne comptent pas. Il m'aurait suffi d'être plus convaincant, plus inventif lorsque j'ai appelé le FBI... J'aurais pu empêcher que la voiture présidentielle ne passe devant le dépôt de livres scolaires en inventant qu'une bombe y avait été placée... ou quelque chose du même genre. Il suffit de changer un seul élément pour que tout s'organise différemment, c'est ce que disait Grand-Père. Pourquoi n'y ai-je pas pensé ? »

Il en arriva donc à la conclusion toute logique qu'après avoir tué Kennedy, il avait déclenché la guerre du Viêt-nam. Les autres n'avaient aucune responsabilité dans l'affaire, ils n'étaient que des bouffons, des pantins. La vraie bataille se déroulait ailleurs ; elle opposait Purcell Forbes au Destin, un agenda aux pages blanches lui tenait lieu d'échiquier.

Il s'installa dans une nouvelle planque. Il avait vingt et un ans, la solitude lui pesait mais il s'avouait incapable de faire confiance à quiconque. Depuis trois ans il n'avait aucune nouvelle de ses parents. Il n'osait leur téléphoner de peur que la ligne soit sur écoute et que la CIA puisse retrouver l'origine de l'appel. À La Nouvelle-Orléans, il se sentit perdu dans la foule, rassuré par le grouillement touristique qui le dissimulait aux yeux de ses éventuels poursuivants, mais la moiteur du climat ne lui convenait pas. La Louisiane, pourrissante, fétide, encombrée de vieux cimetières aux stèles surchargées de patronymes français, lui rappelait trop l'omniprésence de la mort.

Le cauchemar revenait fréquemment.

Un champ de maïs labouré par une charrue énorme, tordue, fumante. Un sillon large comme la crevasse d'un tremblement de terre. Les épis mûrs ont brûlé ; carbonisés, ils répandent une puanteur de plastique fondu. Il y a cette travée ouverte dans l'étendue de feuilles bruissantes, sèches, qui se sont embrasées dès la première flammèche. À celle de la végétation en feu se mêlent d'autres odeurs, plus huileuses, et des fumées épaisses que le vent peine à modeler. C'est une étrange moisson qu'on a commencée là, un saccage conduit par un laboureur fou... Alors Purcell réalise enfin qu'il ne contemple pas le soc d'une charrue colossale, mais le nez tordu d'un avion, un long-courrier dont le fuselage s'est brisé en trois tronçons lorsque la bombe a explosé dans la soute à bagages. Le grand bazar des débris pointille la nature sur plusieurs kilomètres carrés. Fauteuils, valises éventrées, poulets rôtis, souliers, bouteilles de champagne. Des silhouettes émergent de la fumée, on dirait celles de nains ou d'enfants, mais cette illusion tient à ce que le corps humain a coutume de rétrécir d'un bon tiers lorsqu'il est carbonisé, en réalité il s'agit d'adultes au faciès goudronneux, anonymes, asexués. Ils avancent vers Purcell en murmurant : « C'est ta faute... C'est ta faute... Tu le savais avant tout le monde, il te suffisait de téléphoner au bureau de la compagnie un quart d'heure avant le décollage. Une alerte à la bombe, une simple alerte et nous étions sauvés... »

Ils ne sont pas menaçants. Tristes seulement. Épouvantablement tristes.

Pour occuper le vide de ses journées, il décida d'écrire, comme Darian Forbes. Mais il n'avait rien à raconter à part sa propre histoire, l'histoire du livre des secrets. Il s'y attela cependant, pour ne pas devenir fou, principalement, et choisit de lui donner l'allure d'un conte fantastique. Il écrivait lentement, avec beaucoup de peine, raturait et recommençait, incapable de choisir entre deux mots, entre deux phrases. Le texte avait pris la forme d'un manuscrit énorme constellé de surcharges et qui, d'emblée, décourageait la lecture.

Le monde était devenu pour lui une gigantesque salle d'attente où il se trouvait enfermé pour sept années encore. Quand on l'interrogeait, il se prétendait romancier et affirmait publier ses œuvres sous pseudonyme. Comme il ne semblait pas manquer d'argent, on ne doutait pas de ses propos.

Il rencontra Liza. Elle avait trente ans, la peau café au lait, des cheveux frisés qui lui tombaient au milieu du dos. Elle était serveuse dans un *diner* installé à la périphérie du Vieux-Carré. Le cœur de Purcell rata un battement le jour où elle se pencha pour remplir la tasse posée devant le manuscrit couvert de ratures.

— Vous vous abîmez les yeux, dit-elle. Il n'y a pas assez de lumière ici, mettez-vous plutôt près de la fenêtre.

Purcell sentit une sueur glacée lui couvrir le visage.

« *Elle* viendra au moment où tu seras à bout, lui avait dit son grand-père. C'est inévitable. *Elle* sera belle et tu tomberas dans le panneau. *Elle* sera aux petits soins pour toi... mais elle travaillera pour EUX. Ils l'installeront auprès de toi pour essayer de déterminer ce que tu sais réellement, pour récupérer le livre, et pour te liquider. Tu devras rester vigilant. À chaque instant. Méfie-toi des femmes, de toutes les femmes, même les plus démunies, même les plus pitoyables. Les jeunes, mais aussi les vieilles. Le coup peut venir de n'importe où. Tu croiras rencontrer une inconnue, alors que cette fille aura été mise en place par l'Agence pour toi, en fonction du type de femme qu'ils estimeront susceptible de te faire chavirer. Ils sont très forts à ce petit jeu. Si tu as des besoins sexuels à satisfaire, prends le bus pour une destination inconnue, va dans une autre ville, au hasard, et trouve une prostituée. Ne fréquente jamais les femmes qui vivent à proximité de ton domicile. Jamais. »

À l'époque, ces recommandations n'avaient éveillé dans l'esprit de Purcell qu'un écho confus, aujourd'hui elles lui faisaient recroqueviller les orteils à l'intérieur de ses chaussures.

« Je ne suis pas beau, se disait-il. Je porte des lunettes aux verres en cul de bouteille, pourquoi s'intéresserait-elle à moi ? Elle est des leurs... Je ne dois plus revenir ici. »

Mais il ne put résister. Il retourna au *diner*, et Liza prit l'habitude de lui réserver la table près de la fenêtre, celle où le soleil faisait une belle tache éclatante. Elle lui préparait ses journaux, elle vérifiait ses comptes sur le bloc-notes.

— Je ne sais pas ce que vous additionnez, disait-elle, mais vous vous êtes encore trompé. C'est 135 678, pas 135 667.

— Je compte les mots de mon roman, bredouilla-t-il. Les éditeurs veulent toujours savoir combien un texte contient de mots.

Quand la conjonctivite força le jeune homme à rester étendu sur son vieux canapé, un linge opaque sur les yeux, Liza prit l'habitude de monter chez lui après le travail pour lui faire la lecture. Elle avait une voix agréable, elle lisait bien.

« Trop bien ? se demandait Purcell. Trop bien pour une simple serveuse ? »

— Pourquoi venez-vous ici ? lança-t-il un soir. Vous ne voulez pas que je vous verse un salaire, alors quoi ?

— Vous êtes gentil, lui répondit Liza avec une simplicité désarmante. Je sais bien que vous ne me ferez pas de mal. C'est tout ce qui m'intéresse.

C'était une réponse habile... mais qui l'avait écrite pour elle ? Les psychologues de la CIA ?

— Mon père était aveugle, ajouta la jeune femme d'une voix à peine audible. Je lui faisais la lecture. J'aimais bien ça. J'ai l'habitude.

— Vous pourriez être ma lectrice... s'entendit avec horreur proposer Purcell. Mon travail m'oblige à dépouiller de nombreux documents, et avec mes mauvais yeux...

Il avait tort, il ne l'ignorait pas. Dix signaux d'alarme hurlaient dans sa tête. Liza était trop parfaite pour être réelle. Elle avait dit exactement ce qu'il fallait dire, donc elle mentait ! Il l'imagina en séance de briefing, étudiant tous les comportements envisageables avec une équipe de psy de l'Agence. Avait-elle rédigé elle-même ses répliques en fonction des handicaps du gibier ? Il crut entendre l'un des agents attaché à sa surveillance énumérer ses défauts : « Ce pauvre type est assez laid, vraisemblablement puceau. Sa myopie galopante est en train de faire de lui un véritable infirme. Il se méfie de tout le monde et essaye de tromper sa solitude en fréquentant les lieux publics. Il n'est pas question de le vamper comme le premier mâle venu, n'oubliez pas que l'enseignement de son grand-père l'a rendu paranoïaque. »

Oui, ils avaient dû dire ce genre de choses, et Liza avait hoché la tête. Au bout d'un moment, elle avait déclaré : « Je me l'attacherai grâce à son infirmité, c'est le meilleur moyen. Les hommes passent leur vie à se chercher une maman de remplacement, c'est comme ça que je le piégerai. Oui. Je jouerai le rôle de la parfaite petite infirmière. »

Il abandonna l'album dans le fouillis des livres qui encombraient l'appartement, mais s'arrangea pour que Liza remarque avec quel soin jaloux il enfermait dans une petite valise métallique un inoffensif cahier blanc acheté au drugstore du coin de la rue. Cette stratégie du « déplacement », il la tenait de son grand-père.

— Laisse en évidence ce que tu veux cacher, lui avait souvent répété le vieillard, et cache avec méfiance un objet sans intérêt sur quoi leur curiosité va se focaliser. Change-le souvent de place, comporte-toi vis-à-vis de cette chose comme si elle avait une véritable valeur. Ils finiront tôt ou tard par surprendre ton manège et goberont l'hameçon. Tu dois être comme le *matador* qui agite sa *muleta* au nez du taureau pour le contraindre à charger en pure perte.

Peu à peu Liza prit l'habitude de rester pour la nuit. Elle dormait sur le vieux divan défoncé et ne tentait jamais de séduire Purcell. Celui-ci, tremblant de parler durant son sommeil, s'enfonçait un mouchoir dans la bouche chaque fois qu'il se mettait au lit. Comme il faisait fréquemment des cauchemars, il lui arrivait, en ouvrant les yeux, de découvrir la jeune femme penchée sur lui.

— Ça va, disait-elle, c'est fini maintenant. Ça va aller.

Et elle lui passait un linge mouillé sur le visage. Elle retournait ensuite sur son canapé en prenant soin de laisser une lampe allumée.

— La lumière, ça ne me gêne pas, affirmait-elle. Et même, je préfère. L'obscurité m'a toujours oppressée. Je dors mieux le jour. Au Mexique, on a coutume de dire que la nuit est dangereuse parce que les rêves sont des portes ouvertes par lesquelles les fantômes entrent dans nos têtes.

Elle s'arrangeait toujours pour qu'il n'ait pas honte de ses faiblesses. S'il laissait deviner un défaut dans la cuirasse, elle avouait aussitôt une angoisse identique, voire plus infantile. Elle était comme un miroir, elle reproduisait chacun de ses gestes. « Un miroir trompeur », pensait Purcell.

Et pourtant c'était tellement agréable de se laisser duper, de faire comme si... Mais c'était un jeu dangereux, il était en train de baisser sa garde. Il y avait déjà trop longtemps qu'il vivait à La Nouvelle-Orléans, il aurait dû changer de cache depuis plusieurs mois. Que fichait-il ici ? Qu'espérait-il ?

« J'ai besoin d'elle, se disait-il. Elle lit à ma place, et cela permet à mes yeux de se reposer. Ma vue continue à baisser, il ne faudrait pas que je devienne aveugle avant la nouvelle apparition des prophéties. J'ai besoin de Liza. Sans elle je deviendrais fou. »

La menace de la cécité n'était pas qu'un alibi. Sa myopie s'aggravait ; à chaque nouvelle consultation il se voyait contraint de changer de verres. Il commençait à s'habituer à l'idée qu'il aurait perdu la vue avant le 20 novembre 1973, et cette perspective impliquait qu'il se trouvât au plus vite un successeur, quelqu'un à qui passer le relais. Mais qui ? Qui serait assez crédule pour accepter, sans aussitôt hausser les épaules, son histoire de livre prophétique ? Liza, bien sûr. Liza qui avait grandi au milieu des superstitions indiennes, de l'autre côté d'une frontière où les revenants, les enchantements étaient choses communément admises. Du moins l'affirmait-elle.

« Tu es en train de glisser dans le piège où ILS voulaient justement t'amener, pensait-il certaines nuits lorsque l'indécision le torturait. Tu vas faire confiance à une inconnue. À une ennemie. Tu vas lui parler du livre. Il ne faut pas. Tu sais bien que Grand-Père ne l'aurait pas permis. »

Il se raidissait contre la tentation, mais l'envie était grande de se laisser aller. De n'être plus seul à porter le fardeau.

Ils firent enfin l'amour. Ce fut doux, très confus, très maladroit de part et d'autre. Liza prit l'initiative, mais s'arrangea pour que Purcell ait l'impression de rester maître du jeu. C'était habile, encore une fois. Trop peut-être. Le jeune homme oscillait entre le désir de s'enfuir et celui de lui dire toute la vérité ; hélas, chaque fois qu'il ouvrait la bouche la méfiance revenait... la méfiance et la certitude d'avoir été manipulé.

Un soir que son ulcère ne lui laissait pas de répit, il descendit acheter du lait, seul liquide capable d'apaiser les brûlures qui lui ravageaient l'estomac. De retour, il se laissa tomber dans un fauteuil et passa la soirée à vider le carton à petites lampées, incapable d'avaler autre chose. Deux heures plus tard, Liza s'effondra, en proie à d'horribles convulsions. Une rumeur s'éleva presque aussitôt dans la cage d'escalier, à tous les étages des gens s'étaient écroulés au beau milieu du repas, manifestement victimes d'un empoisonnement.

« Le circuit d'alimentation d'eau potable, songea aussitôt Purcell. ILS ont injecté quelque chose dans les tuyaux ! C'est moi qu'ils visaient ! »

Darian Forbes l'avait jadis mis en garde contre les tentatives de ce genre : « ILS n'hésiteront pas à supprimer trente personnes pour t'avoir, toi ! C'est un moyen commode, car plus il y a de victimes, moins on songe à examiner dans le détail le passé de chacune d'entre elles. »

Abandonnant le bidon de lait, il se pencha sur Liza, persuadée qu'elle allait mourir. En une fraction de seconde, il prit conscience que la méfiance l'avait fait passer à côté de l'amour de sa vie. Elle était dans ses bras, à l'agonie, et il s'était toujours retenu de l'aimer. Il avait toujours mis entre eux une distance qui gâchait tout. Un de ces « reculs » que les artilleurs observent pour ne pas être blessés par les soubresauts du canon.

Elle ne pouvait plus parler, les toxines semblaient paralyser les muscles de sa cage thoracique, l'empêchant de respirer. Elle étouffait. La police fit irruption, des brancardiers chargèrent Liza sur une civière. Dans une confusion de gyrophares et de sirènes hurlantes, la jeune femme fut emportée vers un hôpital que Purcell eut le plus grand mal à rejoindre en taxi. Il savait qu'elle allait mourir et qu'il avait tout raté. Tenant à peine sur ses jambes, il se laissa tomber sur les coussins d'une salle d'attente empestant le tabac froid. Sa stupidité l'horrifiait, il se surprit à maudire Darian Forbes, le livre des secrets, l'homme des étoiles et la planète tout entière.

Il était résigné, vide, creux, froid. Il savait que Liza ne survivrait pas. Elle avait bu le poison qu'il aurait dû normalement avaler, mêlé à l'eau de cuisson de la nourriture, ou tout simplement en se rinçant la bouche après s'être lavé les dents.

« Il fallait lui faire confiance, se disait-il. Lui révéler la vérité et partir avec elle, l'emmener ailleurs sans attendre. Tu étais depuis trop longtemps au même endroit, ils ont fini par te retrouver. Nous aurions pu remonter vers le nord, les grandes plaines, n'importe où… Maintenant c'est trop tard. »

Elle l'aurait écouté, elle l'aurait cru. Elle ne l'aurait pas traité de fou.

La salle d'attente s'était remplie d'une foule hétéroclite, mais il n'y prenait pas garde.

Venir avait été une erreur, il aurait dû profiter de la confusion pour s'enfuir par les toits pendant que la présence de la police et des ambulanciers maintenait encore les tueurs de la CIA à l'écart. On avait évacué beaucoup de gens, et l'attention de tous s'était, durant de longues minutes, concentrée sur les civières qu'on sortait de l'immeuble en grande hâte. Il avait été idiot de ne pas en profiter pour s'éclipser, puisque, de toute manière, Liza était perdue. Son grand-père serait entré dans une grande colère s'il avait pu le voir. « Tu te comportes comme le dernier des idiots ! aurait-il rugi, tu cours à l'hôpital, le premier endroit où les tueurs viendront justement vérifier que tu figures au nombre des victimes ! Tu vas te retrouver nez à nez avec eux ! Petit crétin ! »

Mais il n'avait pu s'en empêcher. Il s'était senti obligé de venir, pour demander pardon à Liza. Pour l'embrasser une dernière fois, même si ses lèvres étaient froides.

Au bout d'une heure, les médecins s'avancèrent au seuil de la salle pour annoncer les premiers décès. L'empoisonnement résultait de l'action d'une toxine botulique foudroyante, comme il s'en trouve dans les boîtes de conserve périmées. On ne s'expliquait pas sa présence dans le circuit de distribution d'eau, mais elle avait fait des ravages. Purcell ne bougeait pas. À présent il faisait corps avec le fauteuil recouvert de plastique graisseux, il lui semblait qu'il aurait pu s'enfoncer dans les murs comme dans de la pâte à modeler, et rester, à jamais, passager clandestin de la muraille, préservé de la méchanceté des hommes. Il attendait que le médecin aux paupières lasses prononce le nom de Liza. Cela se produisit enfin, et Purcell crut qu'il n'allait rien entendre de ce qu'on lui disait tant ses oreilles bourdonnaient.

— Elle est hors de danger, murmura l'interne. Elle est jeune, en bonne santé, et elle avait probablement avalé très peu d'eau contaminée. Dans quelques jours elle sera tirée d'affaire.

Alors Purcell sut que tout était perdu.

Liza morte, innocente, il aurait pu continuer à l'aimer, à la pleurer. Liza vivante, le doute se réveillait.

« Elle a pu simuler, pensa-t-il. Ou bien elle avait déjà pris un contrepoison. ILS ont décidé de tenter le tout pour le tout pour vaincre mes dernières réticences. ILS savaient qu'une fois Liza passée du côté des victimes, je serais davantage disposé à lui faire confiance. ILS voulaient qu'elle cesse d'être suspecte à mes yeux. »

Ça avait failli marcher, il s'en était fallu d'un cheveu.

Il se leva pour quitter la salle d'attente d'un pas mal assuré. Tout était terminé. Désormais le poison du doute serait toujours présent. Liza était peut-être une miraculée... mais elle avait pu tout aussi bien jouer la comédie. Seule la mort l'aurait innocentée, à jamais. Seule la mort aurait permis à Purcell de l'aimer sans arrière-pensée.

Il rentra chez lui. Une heure après, il s'enfuyait par les toits, selon la méthode habituelle. Il vola une voiture deux blocs plus loin et quitta la ville. Au matin, il abandonna le véhicule dans un parking, prit l'autocar et quitta l'État.

Jamais il ne revit Liza.

Il passa un mauvais hiver dans le Maine, dans la neige et le froid. La lumière agressive de la réverbération lui blessait les yeux, et il restait le plus souvent cloîtré chez lui, ne sortant qu'à la nuit tombée. Pour tromper l'ennui il travaillait à son manuscrit. Il lui arrivait de n'écrire qu'une ou deux phrases dans la journée du lundi, puis de passer le reste de la semaine à les raturer, y apportant d'innombrables corrections. Certains jours, ses yeux étaient si sensibles qu'il devait rester étendu dans l'obscurité à écouter la radio. Il écrivait très gros, au moyen d'énormes crayons-feutres – une nouvelle sorte de stylos qu'on commençait à commercialiser. Son écriture était devenue si large qu'il ne pouvait guère tracer plus d'une cinquantaine de mots par page. Son manuscrit occupait un volume de plus en plus important. La solution la plus simple aurait consisté à le faire dactylographier, mais Purcell ne voulait le faire lire à personne.

Le cauchemar revenait fréquemment.

Une mer grise, houleuse, aux reflets de mica. De ces vagues lourdes qui, l'espace d'une seconde, semblent bâtir des chaînes de montagnes, des cordillères liquides crêtées d'une neige d'écume. Un relief illusoire monté du fond des abîmes et qui s'effondre soudain. La mer a avalé quelque chose, un paquebot dont la coque s'est brisée, une grande architecture d'acier qui lentement s'enfonce au cœur de la faille de San Andreas, où personne, jamais, ne pourra aller la chercher.

Le bazar des débris flottants pointille la grève sur plusieurs centaines de mètres. Fauteuils d'osier, valises éventrées, poulets rôtis, souliers, bouteilles de champagne. Dans le rêve, Purcell contemple tout cela, tandis que le vent de sable le gifle méchamment, lui écorchant la peau du visage. Des silhouettes émergent des eaux, on dirait celles de poupées en caoutchouc rose, mais cette illusion tient à ce que le corps humain a coutume de gonfler de manière étonnante lorsqu'il reste immergé assez longtemps pour que les gaz de putréfaction boursouflent les chairs jusqu'à leur donner l'aspect d'un matelas pneumatique sur le point d'exploser ; en réalité, il s'agit d'adultes au faciès anonyme puisque mangé par les poissons. Ils avancent vers Purcell en murmurant : « C'est ta faute... C'est ta faute... Tu le savais avant tout le monde, il te suffisait de téléphoner au bureau de la compagnie un quart d'heure avant qu'on ne lève l'ancre. Une alerte à la bombe, un simple appel anonyme et nous étions sauvés... »

Ils ne sont pas menaçants. Tristes seulement. Épouvantablement tristes.

Une nuit, alors qu'il sortait de son immeuble pour aller boire un café et manger un morceau de tarte aux airelles dans un *diner,* il vit M'Boussa, de l'autre côté de la rue. Le vieux pisteur n'avait pas changé ; trop légèrement vêtu pour la saison, il portait un long paquet enveloppé de papier journal sous son bras droit. Le « transistor » muet pendait toujours sur sa hanche gauche.

La première tentation de Purcell fut de rentrer chez lui et de se barricader, puis il se domina et poursuivit son chemin. M'Boussa lui emboîta le pas. Purcell pénétra dans le café désert, s'assit à sa place habituelle. La serveuse lui apporta aussitôt sa commande, qui ne variait jamais d'un jour sur l'autre. C'était une grosse femme aux cheveux peroxydés, prénommée Joanie, qui avait fini par prendre en pitié ce jeune homme monté en graine, aux grosses lunettes, et qui ne pouvait faire trois pas dans un lieu public sans se cogner aux angles des tables ou renverser un sucrier.

M'Boussa franchit le seuil une minute plus tard. La neige accumulée dans ses cheveux, ses sourcils, ne fondit qu'une fois qu'il se fut installé en face de Purcell. Le treillis militaire qui l'enveloppait bâillait. Entre les boutons défaits on devinait la peau nue de son torse osseux.

— Le p'tit chasseur blanc a grandi, ricana-t-il en dévoilant ses dents limées. Ça fait combien de temps ? Dix ans ? Plus ? Je ne me rends plus compte, ça ne veut plus rien dire pour moi. J'ai l'impression que tout vient de se passer il y a cinq minutes. C'est royalement pratique, on ne peut rien oublier. Jamais.

Purcell ne bougeait pas. Le rouleau de papier journal posé sur la banquette l'hypnotisait. Pas besoin d'être très malin pour deviner qu'il s'agissait d'un fusil.

— Tu viens de leur part ? demanda-t-il.

— Oui, oui, répondit M'Boussa. Les messieurs blancs, très importants, ils ont pensé : rien de tel qu'un vieux pisteur africain pour retrouver un jeune animal effrayé. Alors ils ne m'ont pas confisqué la boîte magique qui maintient les morts en vie.

— C'est grâce à toi qu'ils m'ont chaque fois retrouvé ?

— Oui, je marchais dans ton ombre mais tu ne me voyais pas... Il n'y a qu'un pisteur nègre pour savoir faire ça. Les messieurs importants, ils me disaient : tu le retrouves ou bien on te reprend la boîte. C'est drôle la vie, hein ? Quand on est mort, on y tient encore plus que quand on était vivant. On veut toujours du rabiot. Je me disais : tu n'es qu'un vieux nègre, tu vas te lasser. Un jour tu leur diras : reprenez la boîte, M'Boussa s'en fiche, il veut dormir du grand sommeil. Mais non, ça ne s'est jamais produit. La vie, c'est comme la drogue, y a vite accoutumance, on ne peut pas s'arrêter quand on veut.

— Tu étais là quand il ont assassiné Grand-Père ?

— Oui, oui. Puisque c'est moi qui l'ai tué. Les soldats sont venus me trouver juste après ton départ. Ils m'ont dit : « Tu tues le vieux ou on t'enlève la boîte. C'est comme ça, négro, maintenant tu décides. »

Purcell se figea. Il entendit ses ongles crisser sur le Formica de la table.

— Tu l'as tué ? balbutia-t-il, toi, son ancien compagnon de chasse !

— Justement, lâcha M'Boussa. C'était mieux comme ça. Beaucoup plus propre. Il était d'accord. « J'aime mieux que ce soit de ta main », qu'il a dit le capitaine Sahib quand je suis monté avec le Weatherby. Toi, petit Blanc, tu ne peux pas comprendre, tu n'as jamais chassé le fauve. À un moment, à la fin de la chasse, quand il est très fatigué, le lion il te remercie de l'achever. Il te regarde, et tu sais. Il en a assez de jouer au lion, c'est épuisant de rugir tout le temps, il veut le grand repos. C'était comme ça pour le capitaine. Il m'a dit encore : « Toi tu le feras bien, tu es un bon chasseur. » Et il avait raison, je l'ai bien fait. Il n'a pas souffert. Ça m'a fait plaisir. J'aurais pas voulu qu'un autre le fasse à ma place, ç'aurait été trahison. Tu peux pas comprendre. C'est des histoires d'hommes vieux.

Purcell regarda le Noir. Ses yeux étaient vides, sans expression. « Des yeux de verre », se rappela-t-il.

— Qu'ont-ils fait des autres « radios portatives » ? demanda-t-il.

— Ils les ont prises pour les donner à des gens importants. Des gens de ton gouvernement, des vieillards que vous croyez vivants mais qui sont morts en réalité et continuent à vous donner des ordres. De toute façon, ça n'a plus d'importance ; la magie des boîtes s'épuise. Même la mienne ne marche plus aussi bien qu'avant, je le sens. Je deviens lent.

— C'est pour ça qu'ils t'envoient ce soir ? s'enquit Purcell. Ils t'ont ordonné de me tuer.

— Oui, c'est commode un Nègre, ça ne peut pas se salir les mains vu qu'elles sont déjà noires. Et puis ils se disent qu'un mort ça s'en fiche de prendre la vie d'un autre. Ils croient qu'un mort ça sent plus rien en dedans. Mais c'est pas vrai. Le capitaine Sahib, je pouvais l'achever, il en avait envie. Je lui avais tellement souvent sauvé la vie en Afrique, quand on était jeunes, lui et moi, que j'avais fini par avoir des droits sur lui. Toi c'est pas pareil. T'es qu'un jeune poulet qu'a pas encore toutes ses plumes. M'Boussa il tue les lions, pas les poulets.

— Qu'est-ce que tu vas faire alors ?

— Moi rien. Toi tu vas prendre la boîte magique et t'en aller aux cabinets. Tu l'écraseras d'un coup de talon, alors elle cessera de marcher, et M'Boussa ne pourra plus rien contre toi.

— Tu es sûr ?

Le vieux Noir grimaça.

— Faut pas attendre, siffla-t-il d'une voix acide. Une moitié de M'Boussa elle dit : « Pas tuer poulet ! », mais l'autre moitié elle dit : « La vie c'est bon ! », alors tarde pas trop, petit Blanc. Le Weatherby il est chargé, et c'est un bon fusil. Ka-bang ! il fait un joli bruit.

Purcell hésita. Lui aussi se sentait fatigué. Un instant il eut envie de fermer les yeux et de laisser le pisteur faire son travail. Depuis qu'il avait abandonné Liza, il était fréquemment sujet à de tels passages à vide.

Presque malgré lui, il tendit la main et saisit la bandoulière écaillée qui retenait le « transistor ». L'épaule de M'Boussa était plus froide qu'un caillou oublié sur la route au cœur de l'hiver. La boîte lui parut curieusement lourde, et il douta d'être capable de la détruire. Il se trompait, quand il eut refermé derrière lui la porte des toilettes l'appareil explosa sous son talon sans opposer de résistance. Il contenait des circuits étranges, sans rapport aucun avec ceux qu'on trouve d'ordinaire dans les postes de radio. Ils palpitèrent durant trois secondes, habités d'une phosphorescence verdâtre, puis s'éteignirent. Quand Purcell revint dans la salle, M'Boussa était toujours assis à la même place, raide. Le jeune homme réalisa que le vieux Noir avait pris la précaution de se caler du mieux possible au fond de la banquette pour ne pas s'effondrer sur la table quand la vie le quitterait.

Il se rendit au comptoir et paya.

— Ce type vous a embêté ? s'enquit Joanie. Vous n'avez pas touché à votre tarte.

— Non, fit Purcell. Je crois que c'est juste un pauvre gars qui a besoin de se reposer, laissez-le dormir un moment.

Et il s'en alla. Trente minutes plus tard, il quittait son appartement et filait sur la route pour sortir de l'État.

Ce fut le chuintement des portières du Greyhound qui réveilla Purcell. Il prit conscience qu'il avait somnolé pendant tout le trajet et que ses rêves avaient pris l'aspect d'une curieuse récapitulation, comme si son esprit avait brusquement éprouvé le besoin de faire le bilan des années écoulées. Il s'ébroua, en proie à un mauvais pressentiment. En fait, jamais il ne s'était senti aussi menacé qu'en ce moment. L'album caché dans le sac à dos lui brûlait les omoplates.

« Quelqu'un va me l'arracher, pensa-t-il tandis que la sueur lui piquait les yeux. Ils m'attendent. Ils ont devancé l'autocar pour se poster le long de l'avenue... »

Un sentiment d'urgence l'habitait. Avant de quitter la gare routière, il s'approcha des vitres de la salle d'attente pour inspecter la rue. Il pensa un instant glisser l'album dans l'un des casiers de la consigne automatique, mais la nécessité de conserver la clef lui parut une contrainte trop lourde. Il décida d'utiliser ce moyen pour brouiller les pistes et alla glisser dans le coffre métallique le manuscrit de son roman.

De cette manière, si les hommes de l'Agence l'observaient, ils auraient bel et bien l'impression que quelque chose avait été déposé à la consigne, quelque chose d'important. Toujours la bonne vieille technique du « déplacement », agite ta *muleta*, petit, et berne le taureau !

Purcell quitta la gare routière. Il avait repéré sur le trottoir de gauche le hangar de tôle d'un brocanteur. Cédant à une impulsion, il prit la décision de cacher l'album au milieu de ce fouillis, où personne n'aurait l'idée d'aller le chercher, et de revenir le récupérer plus tard, lorsqu'il se sentirait davantage en sécurité. C'était encore une technique enseignée par Darian Forbes, et Purcell se rabattait toujours sur les mille et un trucs de son grand-père lorsqu'il était près de perdre son sang-froid. La boutique de brocante s'appelait Sammy's Garbage, et affichait en lettres plus modestes la mention « Junk Furniture & Vintage Boots ».

Purcell disciplina sa respiration et quitta la gare pour affronter la chaleur du dehors.

Ici s'achève le manuscrit de Purcell Forbes tel que j'ai pu le retranscrire à partir de la masse de feuillets récupérés par le LAPD à la consigne de la gare de Santa Monica.

Je dois reconnaître que je l'ai quelque peu réécrit. J'y étais obligé, et, pour ma défense, j'avancerai que le texte était parfois confus, illisible, surchargé de ratures. Les lecteurs de Darian Forbes – s'il en reste encore aujourd'hui ! – n'auront pas eu de mal à reconnaître la « manière » de l'écrivain, et ses « tics » d'auteur. Je pense que Purcell a plus ou moins inconsciemment cherché à reproduire le style de son grand-père, ce phénomène de foire de la littérature qui défraya la chronique en son temps. Purcell a, de façon assez naïve, assez touchante, tenté de donner à son texte l'aspect d'un roman d'aventures rappelant ceux que publiait Darian dans l'immédiat après-guerre. Sans doute a-t-il pensé que la grosse roublardise de conteur qu'il déploie au long de ces pages donnerait à sa confession l'aspect anodin d'un conte à dormir debout ?

A-t-il cherché à « crypter » son récit en le déguisant en œuvre de fiction... *ou bien*... Ou bien s'agissait-il réellement d'un roman inachevé ?

Je suis dans l'incapacité de répondre. Je le répète : ici s'achève le manuscrit de Purcell tel qu'on l'a récupéré à la consigne du terminal Greyhound de Santa Monica. Il y a fort à parier que les derniers paragraphes furent rédigés dans la salle d'attente du terminus des autocars, juste avant que leur auteur n'enferme son texte dans le casier numéro 34 des *lockers*. Si l'on put y accéder, ce fut grâce à la clef découverte dans le portefeuille du jeune homme par les services de police qui examinèrent le contenu de ses poches afin d'établir son identité.

En effet, Purcell Forbes fut renversé le 21 juin 1970 à 15 h 40 par une voiture roulant à vive allure, alors qu'il traversait la rue devant le magasin de brocante Sammy's Garbage où il avait effectué une brève visite. Sa tête heurta violemment la chaussée, et ce choc fut à l'origine de la triple fracture du crâne qui le plongea dans le coma une semaine entière. Lorsqu'il rouvrit les yeux, les médecins s'aperçurent que les lésions cérébrales engendrées par l'accident l'avaient privé d'une grande partie de ses facultés mentales et qu'il n'était plus en mesure de parler.

Dans les premiers temps de son hospitalisation, il s'obstina à écrire des choses invisibles sur les murs blancs de sa chambre en trempant son index dans un verre d'eau. Quand on essayait de lui donner un cahier et un crayon il refusait avec véhémence. Parfois il délaissait l'eau pour lui préférer le lait, mais il écrivait toujours sur les murs ou le carrelage. Quand son doigt, irrité par le frottement continuel, commençait à saigner, il s'arrêtait immédiatement, non pas à cause de la douleur, mais parce qu'il semblait terrorisé à l'idée que ses textes puissent soudain être lus par tout le monde. Au bout de quelques mois, son état évolua vers une sorte de catatonie ou de stupeur confusionnelle dont rien ne pouvait le tirer, ce qui le fit placer dans une institution d'État où il se trouve encore aujourd'hui, devenu ce qu'on a coutume d'appeler un « légume ». Une rapide enquête permit d'apprendre que les parents de Purcell avait péri peu de temps après la fuite de celui-ci, dans un incendie d'origine indéterminée qui ravagea leur maison pendant leur sommeil.

Les services de police qui m'avaient demandé de transcrire le manuscrit trouvé à la consigne des Greyhound n'accordèrent finalement que peu d'intérêt à mon travail, jugeant qu'il s'agissait soit d'une œuvre littéraire d'inspiration « fantastique », soit d'un délire de mythomane intéressant directement les services psychiatriques de Pescadero.

Au moment de son accident, le sac à dos de Purcell Forbes ne contenait qu'une trousse de toilette, cent vingt-cinq dollars, de la menue monnaie, un exemplaire fatigué du roman de

Darian Forbes *Immersion périscopique,* mais aucun papier d'identité. Sans la clef de consigne et sans le manuscrit, il aurait été impossible de donner un nom à ce blessé découvert sur la voie publique.

En dépit du délire paranoïaque qui se dégage du « roman » de Purcell, la police estima que la mauvaise vue de la victime était sans doute en grande partie responsable du préjudice subi.

— Ce mec y voyait moins qu'une taupe ! grogna un inspecteur dont j'essayais d'éveiller l'intérêt. Il sortait de la brocante où il fait noir comme dans un cul. La lumière du dehors l'a aveuglé, il n'a pas vu venir la voiture. On connaît la suite. Que le chauffard ne se soit pas arrêté, ça c'est une autre histoire...

Une autre histoire ? Sans doute.

Je suis allé plusieurs fois rendre visite à Purcell, mais, outre qu'il ne reconnaît personne, il régresse, et les médecins m'ont révélé que les circonvolutions de son cerveau étaient en train de s'effacer progressivement. Quand le processus sera achevé, l'encéphale du petit-fils de Darian Forbes sera aussi lisse qu'une boule de billard, aussi vierge qu'une page blanche.

— Il n'y a rien à faire, ont-ils ajouté. C'est irréversible, toutes ses fonctions vont s'arrêter les unes après les autres. Et dès qu'il ne sera plus en mesure de respirer...

Alors je me suis rendu chez Sammy's Garbage, le hall de la brocante, un ancien hangar d'aviation où l'on trouve de tout, depuis l'hélice en bois de vieux Spad jusqu'à la coiffure de chef indien mangée aux mites. C'est un magasin d'accessoires dépareillés où toute la fantasmagorie du sud des États-Unis s'est amassée au fils des ans. Les touristes s'y pressent par cars entiers, achètent quelques babioles et s'en repartent heureux. On y voit des théories de bottes usées. Assez nombreuses pour équiper un régiment de cavalerie. Beaucoup de PeeWees parmi elles, ces bottes courtes qu'affectionnent particulièrement les *Rodeo's girls*.

Il m'a fallu du temps et de la patience pour découvrir l'album, coincé tout en bas d'une pile de vieux livres gluants de poussière. Sur la couverture en imitation galuchat, on peut lire la mention « Pour Puck... » En haut de la page de garde, on trouve la date : « 20 novembre 1953. 9 h 05 a.m. »

C'est un album sali, dont les photos jaunies montrent un vieillard à barbe grise, de forte stature, et un petit garçon. Rien d'extraordinaire à première vue, mais il est là, perdu au milieu de centaines de romans aux jaquettes émiettées, décolorées et d'autant de numéros de *Collier's*, *Atlantic Monthly* et *Esquire.*

J'avoue...

J'avoue que je l'ai remis à sa place, tout en bas de la pile.

Plus tard, j'ai acheté un assortiment de bonnes lunettes noires, mais en 1973, puis en 1983... et enfin en 1993, je me suis « dégonflé », comme on dit familièrement. Arrivé devant l'étal des livres d'occasion, j'ai chaque fois senti mon courage m'abandonner et j'ai fini par tourner les talons. Peut-être suis-je coupable de ce qu'on appelle la non-assistance à planète en danger ? Je ne sais pas. Mais l'album est toujours au milieu du fatras, plus sale qu'à son arrivée, plus difficile à trouver en raison des nouvelles strates de vieux bouquins qui chaque année le recouvrent un peu plus. Avec de la patience, et si vous n'avez pas peur de la poussière, vous l'exhumerez sans trop de peine. L'an 2003 approche à pas de géant, après tout... C'est à vous de voir, mais pensez-y maintenant, car Sammy, le propriétaire, se fait vieux et il n'est pas exclu qu'il cède l'emplacement à un quelconque promoteur immobilier. Dans ce cas, ses trésors seront dispersés au hasard, peut-être même incinérés. Ou bien enterrés, car on enterre les ordures, maintenant, à Los Angeles.

Je le répète : c'est à vous de voir. Moi je suis un lâche, c'est entendu, *mais vous ?*

Combien d'années vous reste-t-il avant le grand boum ?

Comptez-vous vraiment demeurer les bras croisés en attendant la fin du monde ?

Dans la même collection

Claude Amoz	Le caveau	5741
	Dans la tourbe	5854
Russell Andrews	L'affaire Gideon	7408
Brigitte Aubert	Rapports brefs et étranges avec l'ombre d'un ange	6842
Matthieu Baumier	Les apôtres du néant	6733
William Bayer	Mort d'un magicien	6088
	Pièges de lumière	6492
Stéphanie Benson	Le diable en vert	6952
	La mort en rouge	7776
	Requiem en bleu	7854
Laurent Botti	Pleine brume	5579
Nicolas Bouchard	La ville noire	6575
Philippe Bouin	Les croix de paille	6177
	La peste blonde	6360
Philippe Carrese	Graine de courge	5494
Thomas H. Cook	Les instruments de la nuit	5553
Philippe Cousin	Le pape est dans une pièce noire, et il hurle	5764
Pierre Conesa	Dommages collatéraux	7609
William Diehl	Eurêka	7787
Stephen Dobyns	Persécution	5940
	Sépulture	6359
Thea Dorn	La reine des cerveaux	6705
Stella Duffy	Les effeuilleuses	5797
	Beneath the Blonde	5766
James Elliott	Une femme en danger	4904
	Adieu Eddie !	6682
Linda Fairstein	L'épreuve finale	5785
	Un cas désespéré	6013
	La noyée de l'Hudson	6377
Giorgio Faletti	Je tue	7828
Robert Ferrigno	Frères de sang	7497
Christopher Fowler	Psychoville	5902
Nicci French	Jeux de dupes	5578
	Mémoire piégée	5833
Lisa Gardner	Jusqu'à ce que la mort nous sépare	5742
	La fille cachée	6238
	Tu ne m'échapperas pas	7811
Kathleen George	Voleurs d'enfants	6912
Caroline Graham	Ange de la mort	6511

	Un corbeau au presbytère	7536
	Sang bleu	7798
Robert Harnum	La dernière sentinelle	6087
	Une ballade américaine	6857
Andrea H. Japp	La voyageuse	5705
	Petits meurtres entre femmes	5986
	Le ventre des lucioles	6361
	Le denier de chair	7406
	La saison barbare	7800
Iris Johansen	Course à mort	7411
	Dernière cible	7642
Brigitte Kernel	Un animal à vif	6608
	Autobiographie d'une tueuse	6871
Yasmina Khadra	Le dingue au bistouri	5985
Andrew Klavan	À la trace	6116
Guillaume Lebeau	L'agonie des sphères	5957
Éric Legastelois	Putain de cargo!	5675
Philip Le Roy	Pour adultes seulement	5771
	Couverture dangereuse	6175
David L. Lindsey	Mercy	3123
Robert Littell	L'amateur	7770
Philippe Lobjois	Putsch rebel club	5998
Colette Lovinger-Richard	Crimes et faux-semblants	6261
	Crimes de sang à Marat-sur-Oise	6510
	Crimes dans la cité impériale	6993
John Lutz	JF partagerait appartement	3335
Bonnie MacDougal	Moralité douteuse	7349
Michael Marshall	Les Hommes de Paille	7407
	Les morts solitaires	7799
Anne Matalon	Petit abécédaire des entreprises malheureuses	6660
Jean-Pierre Maurel	Malaver s'en mêle	5875
Nigel McCrery	L'oiseau de nuit	5914
	Effets secondaires	6012
	La toile d'araignée	6333
Val McDermid	Le tueur des ombres	6778
	Au lieu d'exécution	6779
Denise Mina	Garnethill	6574
	Exil	6176
	Résolution	7405
Estelle Monbrun	Meurtre chez tante Léonie	5484
	Meurtre à Petite Plaisance	5812
(avec Anaïs Coste)	Meurtre chez Colette	6978
Françoise Monfort	La baie des innocents	6602
Viviane Moore	Tokyo des ténèbres	6437
Béatrice Nicodème	La mort au doux visage	7314

Composition Nord Compo
Achevé d'imprimer en France (La Flèche)
par Brodard et Taupin le 31 mars 2006.
Dépôt légal mars 2006. 34880
1er dépôt légal dans la même collection : octobre 2000

Éditions J'ai lu
87, quai Panhard-et-Levassor, 75013 Paris
Diffusion France et étranger : Flammarion